服妖之鑑

簡莉穎劇本集 2

目 次

劇本集

全國最多賓士車的小鎮
住著三姐妹（和她們的 Brother）

舞台場景：

台灣中南部土豪風混搭美學的客廳。一些昂貴的裝飾品、風水好物也因混搭而略顯財大氣粗。

出入口：通往樓上居住空間、廚房、室外。

劇中人物：

大　姐　廖衍梅　（38 歲，學校老師，沒有結婚）

二　姐　廖衍蘭　（35 歲，學校老師，已婚）

三　弟　廖衍竹　（33 歲沒有工作，待業家中，在澳洲留過學）

小　妹　廖衍菊　（29 歲，一邊打工一邊投稿的大齡文藝女青年）

　　　　徐為寧　（42 歲，人稱徐總，廖父的得力助手兼徒弟，在中國大陸工作）

職　員　吳明峰　（James，32 歲，徐總的得力助手兼徒弟，馬來西亞華僑）

女　友　張曉婷　（28 歲，衍竹的女友，想去澳洲打工遊學）

二姐夫　高佑民　（35 歲，跟衍蘭在同一學校任教）

　　　　Grace　（30 歲，徐總公司的副理，跟徐總和 James 一起造訪廖家看古董賓士，實則為徐總未婚妻）

＊單斜線（/）表示緊接著前一句話

　雙斜線（//）表示搶話或兩句疊著講

開演前（觀眾進場時）

（衍菊從樓上房間下，從門口出）
（衍菊拿著空罐進廚房）
（衍菊回房間）
（衍竹從樓梯下，躺在沙發上。讀著《商業周刊》）
（衍梅提著東西從外面進，進廚房）

開演

（衍梅進客廳）

竹　：你剛回來？

梅　：你剛起來？吃過了嗎？

竹　：我現在都很早起。

梅　：/ 早起是幾點？十點？

竹　：嗯。

梅　：/ 不要喝太多飲料等一下要吃晚餐了。

竹　：欸今天是吃外面嗎？

梅　：會外帶回來。

竹　：YA！牛排一客三分熟謝謝。

梅　：已經叫了「吃吃看」了，徐大哥回來當然要吃家鄉菜啊。

竹　：牛排也是我的家鄉菜啊。

梅　：你又不是外國人。

竹 ：Excuse me ma'am？I am from Australia. Let's speak in English now.

梅 ：你等一下可以試試看跟徐大哥用英文談生意啊。

竹 ：我學的不是商用英文。

梅 ：表現一下。

竹 ：好啦，看情況啦。

梅 ：你就是吃太多牛排才會便秘。

竹 ：我現在都很順好不好。

梅 ：/ 早上我看到誰的大便黏在馬桶裡面？是你的吧？動手刷一下啊，大便黏要多吃香蕉。

竹 ：不是我我今天都還沒上大號。

梅 ：起來很久都還沒大便？那一定要吃香蕉啊，當飯後水果。

竹 ：我不太喜歡吃水果。

梅 ：/ 香蕉不是水果……咦？吃完囉？明天再去買好了。

竹 ：我去買啊。

梅 ：你都買全黃的一下子就過熟了。

竹 ：啊我這次買綠一點的就好啦。

梅 ：唉唷算了啦，你就是會挑到最難吃的水果，我去買好了。

竹 ：有差嗎～啊都同一攤，那應該是水果攤老闆的問題吧。

梅 ：早上照相館老闆還問到你，你應該跟我一起去的。

竹 ：/ 好啊。

（頓）

梅 ：老老闆過世了。

竹 ：過世了？

梅 ：好像是爸爸走後沒多久，小老闆說知道我們家還在治喪就沒

9

有發帖子過來。我看他也是滿拼的，跟你同年，還送我全家
福藝術照折價券。趁你出國前去拍好了。一二三四五……好
像已經五年沒拍了，（頓）欸你這個……

竹　：嗯？（衍梅沒回答，頓）二姐咧？她不是要搭你的車嗎？

梅　：後來佑民來接她，他們先繞去拿照片，老闆很拼，一天就幫
　　　我趕好，跟你同年。

竹　：所以等等姐夫也會過來？

梅　：會啊。

竹　：我以為他不會過來。

梅　：會啊。

（頓）

竹　：反正二姐只是嘴巴上比較愛嫌來嫌去啦。

梅　：欸這個，怎麼切到卡拉 OK ？要按什麼再按什麼？

竹　：先按 Mode2，音響模式也，咦？（拿起數個遙控器）

梅　：好好一個電視被搞得太多功能了。

竹　：你不是說可以唱歌很不錯嗎。

梅　：是不錯啦。

竹　：不唱歌也可以看衛星電視、衍菊可以看日本台、要打電動和
　　　看 DVD 可以接到立體音響，按這個鍵還可切成電腦螢幕，
　　　要瀏覽照片什麼的螢幕大比較爽啊。

梅　：全家只有你會用。

竹　：應該是遙控器沒電了。叫二姐順便買過來。

梅　：（一邊傳訊息出去）幾號電池？

竹　：4 號。

梅　：家裡沒有嗎？

竹　：沒差吧就買一下。

梅　：你二姐說 OK 會買過來。「吃吃看」還要再一個小時，我叫
　　　衍蘭他們不要等了，一個小時太久。

竹　：我等等去拿。鑰匙。

梅　：什麼鑰匙？

竹　：／賓士的。

梅　：這麼近還要開車？

竹　：發一下才不會壞。

梅　：那台這麼耗油。

竹　：好啦。（頓）我也是怕車子壞啊。

（長停頓）

梅　：衍菊呢？

竹　：應該在房間吧？剛剛有看到她上線。

梅　：你不要沒事就上網，看看書充實自己。

竹　：OK ～ my dear sister ～（頓）

梅　：武漢冷起來很冷熱起來很熱，你春夏秋冬的衣服都要帶夠。

竹　：嗯。

梅　：欸，你知道嗎，我們族譜第一代是廖化。

竹　：廖化？武力跟統御都七十幾。

梅　：蛤？

竹　：三國志。

梅　：蜀國不就是武漢嗎？

竹　：對啊。

梅　：啊防風外套還是要帶，聽說風超大。

竹　：但我們祖先也太普通了吧，沒有更厲害的嗎？

梅　：以前有什麼姓廖的有名的人嗎？

竹　：廖敏雄，時報鷹簽賭。（頓）我知道了，廖添丁。

梅　：廖添丁很早死，沒有後代吧。

（頓）

竹　：算命的說你跟我可以活到七八十歲唷。我們家都會超長壽的。

（門鈴響起）

竹　：是二姐跟二姐夫？

梅　：他們應該有鑰匙啊。

竹　：還是徐大哥？

梅　：這麼早？

竹　：（拿遙控器）可以看監視器。（頓）沒電。

梅　：（整理衣容，往門口走到一半）

蘭　：/ 嗨～姐。

佑民：// 大姐。

梅　：// 什麼東西大包小包的。

佑民：一些小東西啦，我拿去放就好了。

梅　：是把垃圾拿回來丟嗎呵呵。

佑民：齁這麼好吃的東西垃圾我也吃。

蘭　：先放旁邊吧。

佑民：歹勢，本來以為沒帶鑰匙，但一按門鈴 // 就找到了。

蘭　：// 小竹剛起來嗎？

竹　：起來很久了。

佑民：啊，電池。

竹　：謝謝姐夫，多少錢？

佑民：/ 沒關係啦，幾顆 // 電池而已。

梅　：// 來啦來啦。（要塞鈔票）

佑民：三八啦大姐，又沒多少錢。

蘭　：/ 你是不是要先去排隊？

佑民：對對對對對，我先過去了。

蘭　：（對大姐）「吃吃看」今天有黑鮪魚，我們加點了沙西米，

佑民：限量的要排隊。

梅　：小妹最喜歡吃沙西米了。

竹　：啊不能報爸爸的名字喔。

蘭　：報名字幹嘛？

竹　：不是啊，看能不能通融一下，那一排房子是爸爸蓋的耶。

蘭　：嗯對啊，然後？

佑民：/ 爸真的造福鄉里 // 造福鄉里。

梅　：// 不會通融這個啦，就排個隊有什麼要緊？

蘭　：欸你趕快過去了我怕會排得太後面。

佑民：對對對對對，大姐，我先過去。（一邊下場）

梅　：啊，等一下，James 說他會多帶一個人來，白飯再多一碗。

佑民：/James ？

梅　：徐大哥的學生。

佑民：徐大哥也在教書？

梅　：不是真的在學校的學生，就是把人帶在身邊培養。

蘭　：跟爸爸一樣。

佑民：/ 沒有問題。桌上那一袋，你們先吃。（下場）

竹　：他學生是從國外回來的嗎？

梅　：我沒問這麼多。

竹　：你最近跟徐大哥不是滿常聯絡的。

蘭　：喔喔。

梅　：我問的也都是你的事情好嗎？

（頓）

竹　：喔好吧。（頓）有人結婚喔？

蘭　：學生的喜餅。

梅　：畢業了還邀老師去婚禮喔。

蘭　：是現在高二的，不小心肚子就大了，兩個人都不愛讀書，乾
　　　脆就結婚了。

梅　：你們學校也會有這種事情。

蘭　：少子化，幸好這次只是婚禮，哪天要是哪個老師沒收學生的
　　　iPhone，搞不好就要參加葬禮了。

竹　：現在的小孩真的抗壓性很低。

（姐妹對視，頓）
（衍竹在電視後面摸一摸，突然超大音量的卡拉 OK 伴唱聲進，大
姐二姐嚇了一跳）

竹　：哇，對不起～

蘭　：/ 你耳聾喔。

竹　：（頓）要切換的話要從電視後面切，它本來附的遙控器完全
　　　掛掉了。

蘭　：這就是現代科技。

梅　：就說不要搞多功能影音客廳什麼的。

竹　：還好啦，我再換個新的比較方便的機型，大概兩三萬就可以
　　　搞定。

梅 ：還要換？兩三萬就不用了啦。

竹 ：我是想說你們這樣要從後面切很麻煩。

梅 ：／不會啦。

竹 ：嗯嗯好，（頓）啊要換再跟我說。

（頓）

蘭 ：啊，姐，照片。

老闆說原本的照片只是被陽光晒到掉色，修復起來還滿快
的，所以有算便宜一點。

梅 ：啊，謝謝謝謝，老闆這麼好喔。修得很好耶。

竹 ：這張啊。

（頓）

蘭 ：爸爸好年輕、大姐、我……徐大哥抱的是衍竹嗎？

梅 ：衍菊啦，衍菊小時候像個小男生。

蘭 ：對對對對對……

竹 ：那我呢？

梅 ：你那時候應該在澳洲吧。我們看起來像靠著車子，但其實中
間差不多隔了一個手掌。

蘭 ：喔對，被規定說不可以碰到新車。

梅 ：賓士是爸爸的夢想嘛。

蘭 ：男人的夢想就是賓士跟勞力士。好在哪？

竹 ：你看，爸爸過世了好幾年，它還沒壞，等我們死了一百年以
後，它也不會壞。

梅 ：不要說什麼死啊死的很難聽。

蘭　：/嗯嗯。你也買一個你自己的勞力士啊。

梅　：你手錶不能帶到大陸去喔，一個新來的員工戴勞力士也太囂
　　　張了。

竹　：我知道啦。我還怕會被大陸人砍斷手。

（頓）

梅　：舊的那張呢？我拿去收起來。

（衍梅拿過照片，邊說邊下場）

蘭　：欸姐。換個地方收照片啦，都要被晒爛了。

梅　：好。

（衍梅下場）

（衍竹開始吃起喜餅）

蘭　：衍菊呢？

竹　：在她房間吧。（頓）她最近得了一個文學獎。

蘭　：衍菊一直都很會寫文章呢。她國小的時候寫過生病的媽媽，
　　　刊在報紙上。

竹　：但這樣不是很奇怪嗎？把家人的事情寫成文章去投稿。

蘭　：會嗎？

竹　：而且這種東西竟然有人要看。

（頓）

蘭　：你什麼時候要去武漢？

竹　：下個月吧。

蘭　：吧。

竹　：啊啊啊！！！（伸懶腰）

蘭　：叫什麼叫。

竹　：會啦會啦！

（頓）

竹　：機會都在中國。（拿《商業周刊》）這裡寫，台灣工作五年　　　後薪水根本不會調漲，但中國漲個 5% 到 50% 都有可能。

蘭　：那五年後就看你的囉。

竹　：/ 沒問題，一定。

蘭　：（頓）去武漢再找你玩。

竹　：你會想去武漢嗎。你不是都去維也納巴黎之類。

蘭　：會啊，都會想去。

（頓）

蘭　：澳洲也想去。

（頓）

竹　：結果中共根本沒打過來。

蘭　：什麼？

竹　：送我去澳洲不就是為了中共打過來有地方跑嗎？等到爸爸死　　　了都沒打過來。

蘭　：沒打過來不是很好嗎？

（頓）

蘭　：我覺得啊，要是真的打過來，爸爸也是希望先留兒子，再留
　　　女兒。
竹　：哪有這種事。
蘭　：女兒有三個。像是人有兩個腎，要是割掉一個應該也還好。
竹　：人跟腎又不一樣。
蘭　：人跟腎是一體的。
竹　：對當然人跟腎是一⋯⋯不對啦。
蘭　：/ 我只是比喻。比喻。
竹　：好，比喻比喻。

（頓）

蘭　：爸爸很看重你，送你去是想栽培你。

（頓）

竹　：嗯。（頓）他也很看重你啊。
蘭　：嗯，他每個小孩都一樣看重。

（頓）

竹　：嗯。（頓）二姐會對每個學生都一視同仁嗎？
蘭　：會啊。因為每一個我都討厭。

竹　：欸真的嗎？

蘭　：我開玩笑的啦。

竹　：哈哈。

（頓）

竹　：那我先上去一下了。

蘭　：喔好啊。（頓）你要不要順便換個衣服。

竹　：為啥？

蘭　：等等有客人要來，你是不是穿得太居家了？

菊　：/廖衍竹。不要亂丟垃圾。（衍菊邊說邊上場，手上拿著空罐）

竹　：我丟垃圾桶啊。

菊　：這個是要丟回收。

竹　：OK, my dear sister.（衍竹拿走空罐，從廚房下場）

蘭　：衍竹，（豆花）順便拿去冰。

（頓）

菊　：我覺得直接把空罐丟進垃圾桶的人根本沒有活著的資格。
　　　（衍菊在樓梯）

蘭　：算了啦佑民也常常忘記做資源回收。（對衍菊）衍竹要去武
　　　漢囉。

菊　：徐大哥他們來了嗎？

蘭　：快到了吧。還在全家打工嗎？

菊　：嗯。

蘭　：我以為你一畢業就會找正職。

菊　：有在找啊。

蘭　：我知道你這類型的工作不太好找。

（頓）

蘭　：要吃喜餅嗎？
菊　：沒關係。
蘭　：吃一塊嘛。

（衍菊屈服於衍蘭，走下樓梯，拿過喜餅）

蘭　：晚上還有你最喜歡的黑鮪魚。
菊　：我現在不吃了，黑鮪魚快滅亡了。
蘭　：反正那不是真的黑鮪魚。
菊　：不是真的？
蘭　：真的黑鮪魚哪這麼便宜，一定是假裝成黑鮪魚的普通鮪魚而
　　　已。（頓）你姐夫那麼小氣，真的才買不下去。也好啦，顧
　　　到面子、顧到錢包，也顧到黑鮪魚。（頓）帶回來的伴手禮
　　　還是別人的喜餅。

（頓）

菊　：那你可以阻止他送別人的喜餅啊。
蘭　：這件事不需要我來教吧？應該自己要知道吧。

（頓）

蘭　：還說什麼，少子化，學校會倒光光，來多生幾個吧，才不要

咧，倒就倒。

菊　：那只是他在開玩笑而已吧。

蘭　：好笑嗎？

菊　：是不太好笑。

（頓）

菊　：那你要離婚嗎？

蘭　：不用什麼事情都扯到離婚吧。

菊　：好啦，只是看你心情一直很不好。

蘭　：我沒有啊，我不需要解決的方法，我是需要有人聽我說。

菊　：我有在聽。

蘭　：講完了。（頓）你在找什麼？

菊　：你進來有看到一個像是包裹的東西嗎？

蘭　：包裹？

菊　：沒有沒關係，（拿起照片）徐大哥怎麼會讓廖衍竹去武漢工作？

蘭　：是老朋友，而且爸爸教他很多東西他一直想報恩。

菊　：/ 我是說廖衍竹做得來嗎？他上一個工作做不到一個月，

蘭　：喔那是，

菊　：每天中午都打電話叫大姐幫他買麥當勞，說公司伙食很難吃，爸爸過世請了喪假之後就再也沒回去了。

蘭　：那已經五六年前的事了。

菊　：他這中間都在家裡耶。

蘭　：所以他也會焦慮，會想改變。

菊　：他會嗎？

蘭　：武漢是他主動想去，（頓）大姐說的。

菊　：因為他覺得台灣薪水太低。

蘭　：台灣薪水是真的太低。

菊　：總是要去做看看才可能。

蘭　：／不是嘛，他是爸爸的兒子又從國外回來，不可能從基層做
　　　起拿兩三萬啊。

菊　：我就可以去打工啊。

蘭　：男生的壓力跟女生的壓力是不一樣的，你去打工可以，但他
　　　去打工別人會說他很沒出息。

菊　：你這麼想嗎？

蘭　：反正多鼓勵他，他都要跑這麼遠了。

（頓）

菊　：你記得地板都是麵包的事情嗎？

蘭　：什麼？

菊　：有一次去澳洲找他，一打開他房間，整個地板都是麵包，
　　　三四十個，什麼口味都有。他說只要肚子餓了就可以抓一個
　　　來吃，很方便，

蘭　：啊那個，真的很誇張。

菊　：但我就躺下去，想說這樣真的有比較好吃嗎？

蘭　：有嗎？

菊　：嗯，可是我旁邊都是麵包的時候我就一點都不想吃麵包了。
　　　最後那三十個都丟掉了。

（頓）

蘭　：如果我們都有去澳洲就好了。

（衍梅下樓，聽到衍蘭前一句話）

梅　：誰要去澳洲？

蘭　：我說，如果我們都有去澳洲就好了。

梅　：欸我們曾經是多明尼加共和國的國民喔。

菊　：多明尼加？

梅　：啊你還太小，反正那時候以為中共快打過來，有人在賣多明
　　　尼加的國籍，爸爸飛過去辦手續飛了整整兩天。

蘭　：南美洲很遠。

梅　：不過沒去住就失效了。

蘭　：如果我們是多明尼加國民會有什麼不同嗎？

梅　：多明尼加講什麼話？

蘭　：多明尼加是不是還在叢林裡面打獵？

菊　：你這是歧視吧？

（門鈴響）

梅　：（邊說邊下場）我知道我可以年紀大了不用減肥因為多明尼
　　　加覺得胖胖的才漂亮。

蘭　：徐大哥沒那麼早吧？

菊　：還是廖衍竹的女朋友？

蘭　：她也會來？

菊　：你還沒看過她吧。我覺得衍竹不會去武漢。他離不開他女友。

蘭　：又不是一去不回。

（頓）

蘭　：我覺得大姐剛剛進房間有補妝。

菊　：是嗎？

蘭　：很明顯。

菊　：大姐會聽到喔。

（衍梅很快跑上場）

梅　：是幾個大陸人，

蘭　：/嗯？

菊　：/大陸人？

梅　：來觀光自由行，他們說我們家外面那兩台古董賓士，是很稀
　　　有的型號，W100、W120，問說能不能拍照。

蘭　：/古董賓士？

梅　：對啊我就是讓他拍。他說可以賣到六百萬，

蘭＆菊：六百萬？

蘭　：大陸人真的越來越多了。

梅　：從我們這裡去日月潭很近啊，滿多人會在這裡吃飯的。

蘭　：日月潭那邊的蔣公行館啊。

菊　：/那裡有蔣公行館？

蘭　：有喔，那裡太多人圍著蔣公銅像拍照，根本擠不進去，就有
　　　人在真的的旁邊做了一個假的，保麗龍做的，拍一次照收
　　　五十塊。

菊　：好聰明喔。

（頓）

梅　：我覺得大陸人是一個sign，衍竹一定可以順利的去大陸工作，

蘭　：什麼 sign，

梅　：你們不會嗎？認識處女座朋友的時候那陣子就會認識一堆處
　　　女座，或者計畫要去台南玩，接著就會開始遇到很多台南有
　　　關的事情，去大陸的話，

蘭　：這麼 // 說來，

菊　：// 這叫專注定律。當你開白色車時，會發現路上都是白色車。
　　　人會放大現在在意的事情。

梅＆蘭：嗯嗯。

（頓）

梅　：六百萬。

（沉默）

（門鈴響）

梅　：咦？又是大陸人？

蘭　：我去叫他們離開。（衍蘭下場）

（頓）

菊　：家裡經濟壓力很大嗎？

梅　：嗯……就是……但總不能一直靠爸爸的存款吧。衍竹去武漢
　　　會好很多。

菊　：嗯……

梅　：接下來就換你要獨立囉。

（頓）

菊　：如果車子賣掉也沒關係吧。

梅　：嗯嗯。

菊　：我會想辦法啦。

梅　：（頓）你沒有男朋友嗎？

菊　：幹嘛？

梅　：問一下而已。

（衍蘭帶著曉婷上）

蘭　：這邊請，你隨便坐，當自己家。

曉婷：不好意思打擾了。

梅　：不會不會，你好。

曉婷：我叫張曉婷。

梅　：歐你就是衍竹的女朋……欸你剛剛是不是蹲在門口？

曉婷：……對本來想說在外面等。

梅　：我還以為你跟觀光客是一起的。

曉婷：不是啦我像陸客嗎哈哈哈哈。

蘭　：她們是，

曉婷：我知道，這是大姐，這是小妹。

菊　：嗨。

曉婷：不好意思真的很突然，但一直聯絡不上衍竹。

蘭　：沒關係，一直蹲在門口也不是辦法吧。

梅　：就先進來啊沒關係。

曉婷：謝謝啦，可能他還沒開完會打給他都沒接。

蘭　：開會？

（頓）

梅　：對啊，開會。

（頓）

菊　：大姐，我先，
梅　：/喔，好。

（衍菊上樓）

梅　：衍菊。
菊　：我知道。

（沉默）

梅　：我妹比較怕生啦。
曉婷：喔有聽說，妹妹比較內向喜歡待在家裡，女孩子這樣比較好
　　　啦。
梅　：我們家都是自由發展啦。
曉婷：嗯嗯很開明的家真的很羨慕……啊，恭喜，衍竹被大陸挖角。
梅　：謝謝。衍竹跑這麼遠沒關係吧，不會把他甩了吧哈哈。
蘭　：哈哈。
曉婷：不會啦比較怕他找大陸女朋友啦。
蘭　：不會啦他不敢。

（三人微笑，沉默）

梅　：啊我去泡茶。（邊說邊下場）

曉婷：沒關係啦。

蘭　：好啊我也想喝。

梅　：紅茶可以嗎魚池鄉的。

曉婷：好。

（兩人沉默）

蘭　：曉婷在哪裡高就？

曉婷：低就啦低就，不像兩個姐姐是老師，就私人小公司賣寵物用
　　　品。

蘭　：不錯啊現在養寵物的很多。

曉婷：很奇怪的東西，寵物用安全帽。

蘭　：竟然有這種東西？

曉婷：對啊，根本沒什麼訂單，我看狗狗戴著都一直這樣抓。

蘭　：我們這邊連人有時候都不戴安全帽了。

曉婷：就是啊老闆想說這個東西沒人賣應該會獨占市場吧，但根本
　　　就是沒人買啊才沒人賣，公司快倒了哈哈，哈。

（頓）

蘭　：欸，那怎麼辦啊？

曉婷：之後應該會去澳洲打工吧，

蘭　：喔 Working Holiday 啊。

曉婷：嗯嗯今天本來也要跟衍竹討論這件事，

蘭　：有好多認識的人去喔。

曉婷：薪水比較高啊，我朋友已經先過去一年了，有拿到二簽，一

直叫我過去，她一個月可以存到一萬五，又不用每天做得跟
狗一樣，有空還可以去玩啊、練英文，過過獨立的生活啊。
我很想玩看看跳傘和衝浪，二姐有玩過嗎？

蘭　：都沒有耶，我不太擅長戶外活動。

曉婷：喔喔喔，那也很好，反正我是滿被激勵的，我不想當那種男
　　　朋友事業還不錯就靠他，太多朋友這樣了，結婚之後生活只
　　　有老公小孩，好恐怖，男生的壓力也會很大吧，兩個人都有
　　　各自的生活圈，一起成長比較好。（頓）啊好像一直我在
　　　講，我都被朋友說一講話停不下來捏，二姐你可以隨時打斷
　　　我喔。

蘭　：不會啊，很好聊很好。

曉婷：二姐你人好好喔，有時候這種問題也不知道要怎麼說，討論
　　　對婚姻生活的期待，反而會讓人覺得說，欸你是要逼婚嗎？

蘭　：不會啦，可以討論表示很成熟啊，

曉婷：二姐覺得結婚後有什麼改變嗎？

蘭　：這個，很難回答吧。

曉婷：也是啦也是，我只是隨口問問，你不要放在心上喔，現在要
　　　出國轉換跑道？還是要結婚？我真的是，每天每天都在想這
　　　些問題，你要不要吃根蛋捲？土雞蛋的喔。

蘭　：不用不用。（頓，曉婷微笑）你跟衍竹感情好像很好。

曉婷：他對我很好！很貼心，很大方，常常帶我出去玩，人很有趣
　　　知道很多事情，啊，脾氣超好，從來沒有兇過我，（拿出
　　　LV 包）他送我的生日禮物。

蘭　：LV。

曉婷：其實也不是送什麼，是他有把你放在心上。

蘭　：嗯嗯，當然。

（頓）

曉婷：我們家的房子是跟廖爸爸買的喔，最早期的。

蘭　：你是住山腳路那一排？

曉婷：對呀，後來聽衍竹說才知道。

蘭　：我爸爸是很成功的商人⋯⋯你覺得衍竹多多少少有因為這樣
　　　壓力很大嗎？

曉婷：怎麼會呢，他很以廖爸爸為傲啊。

（衍竹下樓）

曉婷：你在家啊？

竹　：你怎麼來了。

曉婷：你不是約我來你家吃晚餐。

竹　：喔，對，想說你來得那麼早。

（大姐急出）

梅　：啊，衍竹在家，開 Skype 會議對不對，我們吵到你了。

竹　：嗯嗯。

曉婷：喔，開完了嗎？

竹　：嗯，你們剛剛在聊什麼？

蘭　：閒話家常而已，我什麼都沒說。

曉婷：哎呀都是我在講啦，我超級吵的。

竹　：你要來之前應該要先打給我吧？

曉婷：我有打喔，打了二十幾通吧。

竹　：那你應該知道我在忙啊。

蘭 ：衍竹，沒事，我看到她在外面請她先進來而已。

曉婷：怎麼了？咦？（頓）開會還好嗎？

（長停頓）

蘭 ：主要是聊曉婷在考慮要不要去澳洲打工之類。

竹 ：很好啊很好，不管去哪都比待在這個鬼島好多了。

梅 ：衍竹？

曉婷：嗯？

竹 ：我只是，不太習慣有人突然跑來我家。

曉婷：喔對不起，本來想說在外面等。

竹 ：我不在的話放你一個人聊天會有點尷尬吧，這是我在意的點，

曉婷：不會啊姐姐們人都很好，你不用擔心。

竹 ：好的，好。

（頓）

梅 ：衍竹，你帶曉婷去買飲料好嗎？看是要紅酒還是啤酒，我剛
　　剛發現我們忘了買喝的。

竹 ：喔，好，好啊。

曉婷：好喔，啊剛好我有帶購物袋。

（衍竹出門前衍梅把錢塞給他）
（長沉默，衍蘭突然站起來之類）

梅 ：我知道你要說什麼。

蘭 ：什麼？

梅　：沒有。

蘭　：怎麼樣我不管，但要是結婚的話可是賠上女生的後半輩子。

梅　：衍竹對女孩子很好啊。

蘭　：對，可是，

梅　：沒看清楚女生也有責任吧。

蘭　：那個女生是不太聰明，

梅　：又不是說都是女生就要站在同一邊。

蘭　：你平常不是這樣跟我說的。

梅　：這也不能算是騙。

蘭　：難道以後要幫他養老婆養小孩嗎。

梅　：他要去武漢了啊，以後就獨立了。

蘭　：好那就到他獨立為止，你多想想自己吧。

梅　：你就不要管嘛。

蘭　：什麼意思？

梅　：沒有住在一起，管太多的話不太好。

蘭　：蛤？

梅　：要是住一起就不能管那麼多啦！

蘭　：你在講什麼啊？

（沉默一陣，衍蘭手機響）

蘭　：喂？喂？這裡收訊好差。（改傳簡訊）

梅　：要到後陽台，對面在改建成大樓。

蘭　：為啥？

梅　：聽說這邊要漲了，觀光客。

蘭　：歐。

梅　：感覺全世界都在漲，只有我們家都一樣。

（頓）

梅　：其實，今天會有人來看車子。

蘭　：誰？

梅　：徐大哥的學生會帶人來看，不要讓衍竹知道。

蘭　：你真的要賣？

梅　：還不確定。爸爸留下來的基金投資徐大哥也可以幫忙看，看
　　　是不是持續有獲利，還是說可以改投別的。

蘭　：但爸爸不是說那要累積至少三十年利潤才高。

梅　：嗯——

蘭　：反正我們對這個完全不懂。

梅　：對啊，也只能問懂的人了。

（頓）

蘭　：（頓）佑民說快排到他了，前面還有三個人，這有需要發簡
　　　訊嗎？（頓）為什麼我以前沒有接受徐大哥，他條件都很好
　　　啊。

梅　：你好像是說，不想找做生意的。

蘭　：是嗎？

（頓）

梅　：徐大哥好像沒有結婚。

蘭　：哎現在更不可能。你還比較可能。

梅　：我們現在只能想辦法嫁給有錢人。

蘭　：我們不年輕了。

梅　：哎哎，靠自己努力啦。

蘭　：要努力什麼？像高佑民那樣努力當上主任嗎？

梅　：佑民是不是想當校長？

蘭　：他想當什麼就去當。

（頓）

蘭　：我們學校一些老師，家裡也有像衍竹這樣的，生活過得去，
　　　大學混畢業以後就一直宅在家裡，很多都更誇張，衍竹還算
　　　乖的。

梅　：對啊，至少沒有去為非作歹什麼的。

蘭　：反正，你之後比較輕鬆我陪你去聯誼啦。

梅　：跟你去的話男生只會看你啦。

蘭　：我都結婚了。

梅　：一樣啦。（開玩笑）你這種女生很容易被討厭。

蘭　：欸。

（頓）

蘭　：要不要吃水果？

梅　：吃不下。（頓）反正，除了你以外，整個家都需要錢。

（門鈴響）

梅　：來了。

（衍梅下場，衍蘭吃著餅乾）

（衍梅帶著 James 跟 Grace 上場，Grace 沒脫鞋走進客廳）

G　：你好。

蘭　：不好意思，那個鞋子……

G　：Sorrysorry.（回玄關換拖鞋）

J　：嗨你們好，我叫吳明峰，叫我 James 就可以了，啊你還沒
　　　拿過我的名片。（遞給衍蘭）

梅　：James 是徐大哥的學生。

蘭　：我是衍蘭，這位，

G　：我是 Grace。（遞名片）

梅　：/ 他們都是衍竹以後在武漢的同事。

蘭　：要麻煩你們多多照顧了。

J　：應該的，沒有廖家就沒有老師，沒有老師也就沒有我。

G　：/ 我跟衍竹一樣也是在澳洲留學。

梅　：那一定很有話聊。

蘭　：/ 請坐請坐。

（頓，大家坐下）

梅　：這麼年輕就已經是副理了啊。

G　：很多人跟我同年就當經理了。

梅　：好厲害。

J　：Grace 是第一次到台灣人家裡作客。

梅　：歐你是？

G　：我算半個上海人。

梅　：難怪口音沒有很重。

（頓）

G ：不好意思，（看手機）徐總還在路上，他去給老師上香。

J ：對，應該快到了。

梅 ：啊，我們本來想說要再帶他去。

J ：沒關係啦，徐總這次在台灣也沒辦法待太久，擇日不如撞日。
（拿出紅酒）知道「神之滴」嗎？日劇版的不是漫畫版，這
支是裡面那個最後一個使徒 Chateau le Puy 2003。

梅 ：欸，很厲害的樣子啊。

G ：紅酒喝吧？

蘭 ：喝啊，Grace 也是徐大哥的學生嗎？

G ：喔我不是，我算是跟他平起平坐唄。

蘭 ：你這麼年輕。

G ：咱們看的是實力，不是年紀啊。

J ：啊那個車子要賣的事情。

G ：進來門口那台是嗎？看它保養得挺不錯的。

（頓）

梅 ：嗯，等等可以討論看看。

蘭 ：姐……

梅 ：我們等等再討論。

G ：好啊，不用擔心，東西越貴，就越找得到買主。

（頓）

梅 ：啊，我去泡茶。

蘭　：剛剛的紅茶。

梅　：哎泡太久了。（急匆匆下場）

（頓）

J　：這個還是要再醒一下。晚上吃什麼？

蘭　：外帶附近很有名的海產店。

J　：海產啊，哎呀，我應該一起帶那支白酒。

蘭　：沒關係啦。

J　：哎，失策。

（衍菊拿著雜誌下樓，一度要走回樓上，被叫住）

蘭　：衍菊。

菊　：你們好。

蘭　：她是小妹衍菊。

J　：Hi，妹妹。

G　：聽徐總說，文藝女青年是吧。

J　：文藝女青年這種病，生個孩子就好啦。

G　：欸你講話很不得體。

J　：這前陣子互聯網上很火的一句話。

菊　：沒有啦就是喜歡看東西。

G　：你這是？（指衍菊手上之物）

菊　：就是很小的文學雜誌。

蘭　：是你得文學獎那個？

G　：文學獎？很厲害啊。

J　：真行啊。

菊 ：我只是要問一下是誰把雜誌拆封的。

蘭 ：這可能要問問大姐吧。

　　James 跟 Grace 都是以後衍竹的同事，Grace 以前也在澳洲。

G ：/ 對在澳洲留學。

蘭 ：去大陸的事情要多多請教他們。

J ：她跟衍竹還是同一個 high school，都在悉尼嘛。

G ：聖查爾斯。

蘭 ：這麼有緣。

菊 ：同高中？

G ：不過我們好像差了幾年。

（門鈴響）

J ：啊徐總來了。（起身）

蘭 ：你坐吧我去開。

J ：我怎麼敢。

（兩人一起下場）

（衍菊和 Grace 沉默一陣）

菊 ：請問一下。

G ：嗯？

菊 ：你們高中有發生過姦殺案嗎？

G ：姦殺案？

菊 ：聽說受害者是一個華人女生，她被外國學生姦殺，還放火燒屍體。

G　：好像沒有印象……（頓）你問你哥哥呢？

菊　：我就是聽我哥哥說的，印象很深刻。

G　：真的沒有印象，以前歧視一定會有的，現在我們中國人那麼
　　　多，團結在一起就不怕。

菊　：中國人？

G　：咱們中國人。

菊　：我不算是中國人啊。

G　：你怎麼不算。

（頓）

G　：你怎麼不算。

菊　：（尷尬笑）沒有啦。

（頓）

G　：兇殺案……如果真的發生是國際大事兒！

（衍蘭跟徐總上場）

蘭　：徐大哥來了。

菊　：徐大哥。

徐總：你是衍菊？

菊　：嗯。

徐總：長這麼大了啊，還記得我嗎？

菊　：當然啊。

蘭　：/她怎麼敢不記得，你幫我們家太多了。

徐總：衍梅呢？

蘭　：在泡茶。

徐總：衍菊坐，不要這麼見外。

G　：Vincent。

徐總：Grace，你偷喝酒？臉這麼紅？

G　：沒啊，台灣真熱，James呢？

徐總：他去幫我找車位，這裡完全沒變只有陸客變多。

G　：我也是陸客啊。

徐總：你不算啊。

蘭　：要開空調嗎？

G　：不用別費心。

徐總：卡拉OK啊，老師最喜歡的。

蘭　：對啊他最喜歡拉你一起唱歌。

徐總：歌單有更新耶。

蘭　：但都是唱舊的那幾首。（頓）這只有衍竹會切。

徐總：好久不見欸，衍蘭的先生沒來？

蘭　：他去拿外賣，「吃吃看」的。

徐總：喔。

蘭　：「吃吃看」。

菊　：那家海產店。

徐總：我記得啊，好耶好久沒吃了。

菊　：有黑鮪魚。

蘭　：不是頂級的那種比不上國外的。

徐總：不會不會。衍蘭跟先生都在同一個學校啊？

蘭　：是啊。

徐總：那寒暑假都可以出國。

蘭　：嗯。

徐總：你看，廖家的人是說到做到，衍蘭就是想跟可以跟她一起旅
　　　行的人結婚。

G　　：你挺浪漫的啊。

蘭　　：小時候不切實際啦。

菊　　：徐大哥沒有太太嗎？

蘭　　：這樣問很沒禮貌。

G　　：要是徐大哥現在跟男人在一起，

蘭　　：嗯？

徐總：我沒有。

G　　：國外不能講 wife、husband 這種很明顯講男生女生的，會
　　　說 couple。

菊　　：噢。

G　　：而且看到中年人不能假設他們都已婚，這是單身歧視。其實
　　　我們的職場文化跟美國挺像的。

菊　　：你是說大陸跟美國？

G　　：是啊。台灣就是學日本，比較忍耐。

徐總：這倒是。

（衍梅端茶出）

梅　　：徐大哥。

徐總：你不要忙啊，我當回自己家耶。

梅　　：茶，久等了。

徐總：好了好了我來倒。

蘭　　：你是貴客耶。（衍梅倒茶）

梅　　：真的。（對 Grace）你們公司有徐大哥真的是福氣，當初要
　　　不是他幫我們家解決債務問題，今天我們也不會站在這裡。

徐總：沒有啦，這種事不需要講，沒有被錢逼到也不會去大陸，也
　　　就不會有今天嘛，一切都是命，現在大家都好就好。（舉杯
　　　〔茶〕）來，祝大家身體健康，賺大錢。

（眾人一起舉杯）
（眾人坐下，衍蘭加茶）

徐總：我們的男主角呢？
蘭　：他跟女朋友出去幫忙買飲料了。
徐總：女朋友啊。
G　：那可要管好，太多男生在那邊暈船了。
徐總：也是有人為了女朋友為了老婆每個禮拜回來。
G　：那是特權階級吧。
梅　：不會啦，衍竹會想過去就是有做好準備，重新開始。
蘭　：是啊，就放下台灣的一切。
G　：當然，可以跟全世界的人在同一個競技場。

（頓）

梅　：是啦，真的。
徐總：雖然現在起薪沒有以前那麼高，要真的很想留在那邊繼續發
　　　展才過去。
梅　：是啊。
徐總：就是，衍竹過去的話，一開始的數字不會那麼漂亮。
梅　：沒關係啊，這也是個歷練嘛。
徐總：是可以想一下，看值不值得犧牲原本的生活、還有家人。
梅　：嗯嗯。

徐總：不一定是業務主管。

G　：不過我們那兒機會多的多啊。

徐總：嗯……

梅　：我想他還滿確定要去的。

蘭　：是吧。

梅　：徐大哥，有個禮物要給你。（拿老照片）

蘭　：這是要給你的。

徐總：這至少有二十年以上了對不對，還有我身上抱的這個是衍菊啊，現在都長這麼大了，還有老師……衍梅，這張照片我收下啦，謝謝。

梅　：啊，想說你要幫忙看看我爸留下來的資產。

徐總：啊對。

梅　：要到樓上的書房。

徐總：那？

G　：OK 你去吧。

蘭　：這方面我們要請教你。（邊說邊上樓）

梅　：想知道怎麼用爸留下來的資產。

徐總：當然我滿推薦買我們公司的股票，不過要是怕風險高的話，反正就先看看目前有多少定存、基金的投資報酬率怎麼樣。

蘭　：衍菊你可以留在客廳嗎？

菊　：我？嗯。

（衍梅、衍蘭上樓，沉默一陣）

菊　：你要唱歌嗎？（衍菊切開卡拉 OK）

G　：唱歌？我看一下。

菊　：你有喜歡的台灣歌手嗎？

G ：五月天挺不賴的，你看過他們演唱會嗎？

菊 ：沒有耶。

G ：看看有什麼五月天的歌。

菊 ：嗯。遙控器好像壞了。

G ：呃？

（衍菊持續試按遙控器）

（頓）

G ：你寫這是什麼啊？

菊 ：小說。

G ：是什麼故事？

菊 ：呃是跟我們家有關的故事……有一些轉化。

G ：私小說？

菊 ：……差不多。

（James 上場）

J ：你們在唱歌啊。

G ：沒，好像壞掉了。

J ：噢。這裡真是挺有家的感覺，在客廳唱歌吃點心真是熱鬧。

G ：是啊，我同事沒有人家裡生到四個小孩。

菊 ：以前家裡人更多更熱鬧，還有員工。

J ：難怪老師念念不忘，時間一久回憶就成了鄉愁。

（頓）

J　：妹妹要不要考慮也來大陸？

菊　：我？

J　：你現在薪水多少？

菊　：嗯──

J　：不用怕問人家薪水，知道別人多少才知道自己有沒有吃虧。

菊　：一萬出頭吧。

G　：這樣不夠吧。

J　：雖然老師說讓你哥哥過來，但感覺你過來更好，女生比較細心嘛，五年內沒有要結婚吧？

菊　：沒有吧。

J　：你過來累積經驗，有一個正職，這些戰場上的歷練呢，對你要寫東西也是挺有幫助的，不然在這攪來攪去都是一些小清新，兔子怎麼會知道大野狼的世界。

菊　：嗯。

J　：跟你姐姐提一下，你們提的話老師他會考慮。

菊　：我，我想想。

G　：你是想妹妹過去不想讓哥哥過去唄，同性競爭吧？台灣人跟台灣人還親上加親，贏不了人家。

J　：我怎麼會這樣想。

G　：你們中國人就是喜歡搞小動作，啊不對你是馬來西亞華僑，倒是學得很快。

J　：我是真心的在為新朋友想啊我活雷鋒啊。

G　：好啦開個玩笑，都是真心打算啦。

J　：是啊反正都打工那不如來大陸。

G　：對千萬不要去澳洲打工度假，包魚？包蔬菜？

J　：浪費時間。

（頓）

菊　：聽起來滿不錯的。

（Grace 的微信通知）

G　：欸是黃董。

J　：怎麼了嗎？

G　：她說想看看古董奔馳，

J　：噢。

G　：我開個視訊給她看看。

菊　：是要看車子嗎？在外面。（Grace 起身）

G　：我知道我知道，哎，搞不好等等她就買了。

菊　：我姐說要賣的嗎？

G　：哎唷，看看聊聊，多個朋友多個機會，別擔心妹妹。（一邊
　　　下場）

（頓，沉默）

菊　：嗯，你喜歡哪個台灣歌手？

J　：我喜歡梁靜茹。

菊　：噢。

J　：但她是馬來西亞人。

（頓）

J　：（指著衍菊手上拿著的雜誌）得獎啊？

菊　：佳作而已。

J　：噢，厲害，可以看看嗎。

菊　：嗯——

（沉默）

（衍竹進門）

竹　：你們在唱歌啊。

J　：我們在聊你妹妹的大作。

竹　：她一直都很會寫文章啊。

菊　：遙控器壞掉了。

竹　：是喔，我等一下看看，啊你好。（過程中衍竹切不掉卡拉
　　　OK，有不同的背景音樂、流行歌的純配樂）

J　：你好，我是 James。

竹　：噢你就是 James，你好，我是 David。

J　：反正到那邊，前兩個禮拜你去哪都跟著我，不用擔心。

竹　：那就麻煩你罩我了。

J　：不會不會。那你對自己有什麼目標嗎？

竹　：很多啊。

J　：比如說？

竹　：感覺薪水至少要台灣的兩三倍過去才有意義吧。

J　：是，是，當然，但要是沒有？

竹　：那不如去澳洲煎漢堡，煎漢堡比上班族好賺多了。

J　：我看澳洲也沒那麼風光了吧，它不過是原物料輸出國。

竹　：是嗎——（起身拍拍口袋掏出菸）那我——

菊　：你剛剛在外面沒抽嗎？

竹　：有啊。

菊 ：你菸癮沒那麼重吧？

竹 ：（對 James）抽嗎？

J ：不用謝謝。

菊 ：我覺得不用管錢，至少過去是個機會。

竹 ：是啦，但女孩子可能養自己就好，男生還要養女朋友養老婆。

菊 ：現在不是都各付各的嗎？

竹 ：女生還是會期待男生付。

J ：我們馬來西亞那不像這裡女權高漲，女生賺再多還是希望男
　　生付錢。

菊 ：我覺得女生可以自己付啊。

竹 ：那你養老公你願意囉。

菊 ：（惱怒）OK 啊，但我這輩子都沒有要結婚。

（頓）

J ：地方不一樣啦，像我馬來西亞鄉下地方比較保守，男生經濟
　　壓力還是很大啦。

竹 ：我瞭。很多碩士畢業拿那種兩三萬，講出去被笑死。

（衍菊掩飾怒氣的深呼吸）

竹 ：James 有什麼目標嗎？

J ：三十四歲要當上總經理，再兩年。

竹 ：不錯啊，但經理還是幫人做事啊，怎麼不當個老闆。

J ：這樣比較適合我啦，我不是老闆命。

竹 ：自由好啦，家裡希望我接我爸的事業。

J ：聽說令尊是大商人啊。

竹　：是啊，這裡 90% 的人都聽過他的名字。

Ｊ　：你要青出於藍，更勝於藍。

（眾人笑，沉默）

菊　：你女朋友呢？回去了？

竹　：她在 7-11 等我。妹，

菊　：嗯？

竹　：賺錢這種事交給我，你就專心發展你的小說。

（頓）

菊　：謝啦，希望啦。（準備起身走）那——

（衍菊忘了雜誌，轉身拿起時）

竹　：/ 我有看到。

菊　：看到？

竹　：那本雜誌我有看一下。

菊　：是你拆封的？

（頓）

竹　：寫得不錯，不愧是我妹妹。就是把一些好像很平常的事情，
　　　加上一些修辭，還是什麼的，看起來就，有點不太一樣。

Ｊ　：文學嘛。

竹　：啊，裡面有一段講到留學生怎樣怎樣，澳洲怎樣怎樣，只有

　　　　那邊比較看得懂，跟我的生活還滿像的。

菊　：那個就只是，取材一些生活細節而已。

竹　：嗯嗯嗯，原來是這樣。

（沉默）

竹　：但裡面有個小錯誤。我高中有畢業。

菊　：那不是你啦！

竹　：喔喔，對啦！

J　：妹妹要寫一行，本故事純屬虛構，如有雷同，純屬巧合。

竹　：那個故事，寫的是一個鄉下的有錢人家，住著一對姐妹和他
　　　們的哥哥，哥哥是留學回來的，但根本沒有畢業，很不上進，
　　　一直換工作，姐妹一直幫哥哥找工作但找不到，最後哥哥就
　　　待在家裡，用電腦回答別人的問題，幻想來問問題的是總統
　　　和行政院長，自己是真正在治理台灣的人，大概是這樣的故
　　　事。

J　：挺有寓意的啊。

竹　：但最後姐妹的錢花完了，哥哥不能用電腦了，他發現沒有他
　　　台灣還是好好的，他就發瘋了。

（長沉默）

J　：很不錯，妹妹，我會給你第一名。

竹　：有時候用自己的經驗來寫東西，對，你知道的事情沒那麼多，
　　　但認識的人看到，又不是像我能用文學的角度去看，你也不
　　　知他們會怎麼想。（頓）其實我看這些都覺得，沒那麼難，
　　　要賺錢真的沒那麼難，像故事裡面的哥哥，如果他把回答問

題變成付費使用，應該就可以賺到錢，如果他能回答這麼多
　　問題。

J　：是啊，沒那麼難。

竹　：就是看你要犧牲多少，可以找到工作和生活的平衡最好。

J　：嗯嗯。

竹　：我知道現在開始還不算太晚。

（頓）

竹　：照你寫的小說來看，為什麼故事裡面姐妹跟哥哥會感情不太
　　好呢？

（頓）

菊　：因為感情不好比較容易寫。

（頓）

竹　：去武漢我會很捨不得我姐和我妹。

J　：現在往返飛機多、網路又發達，出國都沒有出國的感覺。

竹　：嗯。到時候呢，我就幫你買一棟房子，你的書就有地方放。

菊　：謝啦。我先上去了。

（衍菊往上走）

竹　：抽菸嗎？

J　：不用謝謝。

竹　：啊對齁，你們那裡空氣差到不抽菸也跟抽菸沒兩樣。

（衍菊回頭看衍竹，好像覺得他講了很不得體的話，但還是什麼都沒說，上樓了）

J　：那是北京，武漢還好。

竹　：是嗎不是污染也很嚴重嗎？

J　：反正不管哪裡，全球浩劫啦。

（音樂停）

竹　：修好了。

（衍竹拿著遙控器）

J　：所以你是下禮拜會過來嗎？

竹　：我再跟我姐討論看看。有時候家裡會需要我處理一些事情。

（大姐先下樓）

梅　：衍菊呢？

竹　：回房間了吧。

梅　：剛剛聽到她關門好大聲，是怎麼了嗎？

竹　：她心情不好啦。

梅　：又怎麼了？

竹　：有點意見不合。

J　：兄弟姐妹嘛，很正常。

梅　：她沒有對客人失禮吧。

J　：不會，剛剛聊得挺愉快的，也跟衍竹分享了對未來的展望。

竹　：她的雜誌。

梅　：你看了？

（頓）

竹　：沒有，她就是拿下來跟我說。

梅　：嗯嗯。

竹　：她寫的東西我也看不懂，是你拆封的嗎？

梅　：是啊。你沒看吧？

竹　：她在氣有人拆她的東西。

梅　：要看一下是什麼東西嘛，搞不好是帳單，這樣會生氣啊？

竹　：　OK, my dear sister.

（頓）

竹　：所以你有看？

梅　：沒有啊，知道是她的東西我就不會看啊，你沒看吧？

竹　：沒有。

（頓）

竹　：二姐勒？

梅　：跟徐大哥在樓上。

竹　：喔。

梅　：那就下禮拜過去囉？

竹　：嗯。（頓）但找人保養冷氣我不用在嗎？不用幫忙盯著？

梅　：不用啊，師傅下個月才來保養耶，你還要等一個月？

竹　：嗯嗯，是怕說你跟衍菊兩個女生在家，

梅　：還好啦，不然也可以叫佑民來啊。（頓）徐大哥剛剛簡直就是幫我們上投資理財課，我有錄下來你之後可以聽，反正呢你就是好好的去賺人民幣，我們要想怎麼把死錢變成活錢，黃金、玉鐲、車子、房子都是死的嘛，要是能錢滾錢最好，很長啦你自己聽。

竹　：喔。

J　：好好學，到處都是機會。

梅　：不是每個人都像我們運氣這麼好，

竹　：嗯，不是每個人都像我們運氣這麼好，

J　：第一波賺上層階級的錢，第二波賺中產階級的錢，第三波賺弱勢族群的錢，等之後社會福利更被重視，綠色經濟更被重視，我們就先一步搶下那個市場，所以說，現在的東西越毒越好，越毒我們之後搞有機越搞得起來。

（徐總跟衍蘭下樓）

J　：老師。

徐總：嘿，衍竹，男主角。

竹　：徐大哥。

蘭　：衍菊？

梅　：／沒事啦沒事。

徐總：／以後就靠你囉，你是唯一的男生。

竹　：嗯，好。

徐總：懂事點知不知道？

竹　：嗯嗯，好。

蘭　：衍竹你的台胞證，

竹　：嗯？

蘭　：收好了嗎？

竹　：嗯嗯。

蘭　：衍竹你切一下卡拉 OK。

徐總：所以衍竹什麼時候過來？

梅　：隨時。（衍竹切卡拉 OK，跳舞伴唱音樂進）

徐總：衍竹會跳交際舞嗎？

竹　：不會。

徐總：那怎麼行，你要出去混什麼都要會，James，你教他，衍梅
　　　我們來示範。

梅　：衍蘭比較會跳。（把衍蘭推出去）

蘭　：我……哎唷姐。

徐總：來吧。（徐總對衍蘭伸出手）聽前奏，左二三，右二三，轉
　　　圈，好，再一次。（James 會低聲重複口令）

（徐總拉著衍蘭跳，James 拉著衍竹跳，跳了幾次之後衍蘭害羞的
縮手）

蘭　：好了啦，好了啦，衍竹會了嗎？

竹　：嗯？

梅　：你幹嘛笑場？

蘭　：很久沒這樣跳了。

竹　：我跟男生跳比較尷尬吧。

J　：嘿拜託，我真的，滿喜歡跟男生跳的好嗎？（頓）沒有啦。

（衍蘭低頭看簡訊）

蘭　　：佑民要回來了，

梅　　：終於排到了！

徐總：好喔好餓。

（Grace 進）

G　　：你們在做啥？這麼歡樂？

徐總：沒有啦，我們在教衍竹跳舞。你去哪了？

G　　：剛剛黃董微信我，她想看看古董奔馳，

徐總：喔她要買嗎？

G　　：剛剛傳了照片給她，機會滿大的，看誰有車鑰匙，我錄一下
　　　　發動的樣子給她。

J　　：這老車還能開啊。

G　　：而且車上還有 Beatles 的錄音帶，真是太對味了。

竹　　：等一下，我們有要賣車子？

梅　　：只是先看看。

竹　　：外面那台是我的。

梅　　：嗯……那台在我名下，不是你。

竹　　：在你名下？

徐總：怎麼了？

蘭　　：沒有啦。

竹　　：／可是保養維修換零件都我在弄耶，它只有殼跟當初的一樣，
　　　　裡面都改過了。

（頓）

梅　：還是你們要看另一台？沒有第一台保持得那麼好。

竹　：另一台才真的連零件都古董啦，外面那台我改到神的境界了，別人要改也沒空間，很無聊好嗎。

徐總：衍竹的興趣是改車啊？

蘭　：嗯。

G　：嗯……

J　：可以吧，黃董沒什麼堅持，她只是想找個地方花錢。

G　：被你說得好像品味很差似的。

徐總：看你們 OK 嗎？我知道車都是老師買的……

梅　：OKOK，衍竹？

竹　：我帶你們去看吧。

G　：好啊，看看唄。

（James、Grace、衍竹邊說邊下）

J　：David，平常開一些破車，習慣了你才會珍惜當你開好車時別人看你的眼神……

（三人出，剩下衍蘭、徐總與衍梅）

徐總：其實不一定要賣車，可以跟銀行預借。

梅　：╱但只有我一個人的薪水怕每個月……

徐總：衍蘭的收入不能……

蘭　：╱每個月固定一筆錢給公婆和……

徐總：╱啊對，有時候忘記你結婚了。

（頓）

梅　：要喝茶嗎？（透過倒茶的移動把衍蘭、徐總留在同一張沙發
　　　上）

徐總：沒關係。

梅　：我們真的要好好謝謝你，這個感謝已經，已經是說不出來的
　　　程度了。

徐總：不會，小事一樁。

蘭　：真的，真的謝謝，你盡量管他，當自己弟弟。

（沉默）

徐總：衍竹一直都沒去找工作嗎？

蘭　：他之前有去但，沒有適合的，而且有的太助理性質太雜工其
　　　實也學不到東西，

梅　：/ 他也覺得煩，我就叫他不要去了，本來要弄一些網路的東
　　　西──

徐總：但還沒開始？

蘭　：嗯……其實他以前不是這樣。

徐總：我知道啊他小學還當過模範生，所以才覺得……

梅　：/ 他在澳洲念高中，交了一個香港女友，那時候亞洲人沒那
　　　麼多，容易被欺負，他那個女友被姦殺，但查不到兇手。

徐總：天啊……竟然發生這種事。

蘭　：也是很多年之後我姐去看他，發現他都沒去學校都在家裡，
　　　才知道這件事。

徐總：因為已經害怕人群了嗎？

梅　：可能吧……那麼小在陌生的地方面臨的壓力是我們無法想像
　　　的，如果長輩們有部分是為了發生戰爭有地方去，那是不是
　　　沒有負起基本的教育責任的……有時候會這樣想……

蘭　：嗯……

徐總：但也不是所有小留學生都會這樣啊，你們也別太自責了。

梅　：其實誰不想成功，誰都想像徐大哥一樣成功，也不會因為他
　　　不成功就改變一家人的事實……

徐總：當然，我們也是一家人啊，一定盡量幫忙，一個工作而已真
　　　的不是很難的事。

（徐總伸手拍拍衍蘭的肩）

（沉默）

梅　：你這麼多年都沒結婚啊？

徐總：嗯——

蘭　：等結婚了才知道真的是外面的人想進來，裡面的人想出去。

（頓）

徐總：還以為衍蘭結婚過得很好。

蘭　：也沒有什麼好不好就過得去。（頓）不結婚也好，結婚，問
　　　題很多。

（頓）

徐總：我，快要結婚了。

（頓）

蘭　：恭喜。

全國最多賓士車的小鎮住著三姐妹（和她們的 Brother）

（頓）

梅　：恭喜！哇！

徐總：只跟你們這種老朋友說，今天我未婚妻有來。

蘭　：是──

梅　：哇，恭喜！

徐總：哎但年紀、國籍還有公司派系這些問題……她想先保密。

梅　：你學生也不知道？

徐總：等到她婚後離職了我們再公開。

（頓）

徐總：可能比較經歷過鬥爭文化吧，她對人沒那麼信任。（頓）我
　　　在那邊久了也是，台灣的朋友還是比較讓人放鬆。

蘭　：嗯……

徐總：所以婚禮低調辦，也不會邀什麼人。

蘭　：……你一個徐總經理這麼低調。

徐總：哎，反正也第二次結婚了，知道都是做面子啦。

蘭　：第二次？（頓）真的好久沒見都不知道你人生發展到什麼階
　　　段了。

徐總：還不就那樣，吃喝拉撒睡，一睜開眼就是錢。

（頓）

徐總：所以啊，之前被檢舉血汗工廠，衍竹來的話……

梅　：／血汗工廠？

徐總：喔我以為你們都知道。就富士康跳樓的影響嘛，有媒體來拍
　　　我們但我沒塞紅包，就被報一些比較髒亂比較暗的照片。

蘭　：他們認識你的話就知道你不是這種人。

徐總：謝謝，比較麻煩的是因為這樣分廠有人罷工，衍竹來的話會
　　　去那間分廠。

梅　：工廠？

徐總：現在那邊最缺人，而且工廠相對辦公室單純很多。

梅　：工廠他沒有經驗。

徐總：James 會幫他，就是怕你們擔心才想先講清楚。

梅　：嗯……好。謝謝你。

徐總：不用擔心，工廠學得更快！

（頓）

蘭　：那他工廠那邊是，是怎樣的，是工人那種還是……

徐總：就是，先看哪邊有缺額，沒有像大家一般想的是工人就是全
　　　身髒兮兮啊很累，現在都是機器生產，一般就是按按幾個按
　　　鈕。

梅　：嗯嗯。

徐總：先從基礎做起熟悉一些東西……狀況是，要是介紹別人進來
　　　出了包，這樣追究起來會不太好。

梅　：/當然，當然也不想讓你難做人。

（頓）

蘭　：還是說這件事有點為難的話就是，也沒關係。

徐總：/不會，不會，都認識這麼久才敢講話直接嘛，不為難，只

是怕一開始責任太大，會，嗯，總是要給年輕人失敗的空間，我看過太多背景雄厚的孩子被丟上一個位子，沒有能力，最後就是靠旁邊的人收拾殘局，一直重複一樣的事情。

（頓）

蘭　：當然我們相信你的安排，是衍竹他……

梅　：他說都可以。

蘭　：他有這樣說？

梅　：嗯，他都可以。

（頓）

徐總：不用擔心。

梅　：不會不會。

蘭　：要不要唱歌？

徐總：嗯？喔，好啊。

蘭　：江蕙、洪榮宏的〈一生只愛你一人〉，你終於可以唱洪榮宏的部分了。

徐總：哈，跟老師唱我都要負責唱江蕙，因為他唱不上去。

（前奏出，此時佑民回來，兩人正唱了一小段）

佑民：晚餐買回來囉，趁熱吃喔。（頓）啊你就是徐大哥？

徐總：你好。

蘭　：他是我先生。

徐總：喔！你好！

梅　：佑民啊人家在唱歌。

佑民：不好意思不好意思，你們繼續。

（衍蘭繼續唱）

佑民：（對衍蘭）老婆，晚餐買回來了。

（頓）

佑民：老婆，

梅　：她有聽到。我們先拿去廚房。

佑民：好。

（衍梅、佑民下場）

（徐總、衍蘭繼續唱）

蘭　：其實我先生對我滿好的，剛剛講的你不要放在心上，結婚的
　　　女人就是愛抱怨。

徐總：你不會吧。

蘭　：都會，小心你老婆。

（門鈴響，衍梅上場急匆匆去開門）

（衍竹跟 Grace 一邊上場一邊講話）

G　：不可能再高了，也不是多稀罕。

竹　：是嗎，不會吧……

G　：先跟姐姐討論吧。

竹　：姐夫回來囉？我聞到紅燒魚的味道。

梅　：沒有買紅燒魚，衍竹你買的飲料呢？等等要吃飯了。

竹　：嗯？啊！放在 7-11 沒拿。

梅　：／蛤？

竹　：我叫我馬子拿過來。（拿手機）

梅　：不要講馬子，很難聽。

G　：姐姐，那個奔馳啊。

梅　：／先不要跟我說。

G　：嗯？

梅　：我是說，我現在還不能決定，那台車沒在開，但賣了錢要歸
　　　誰，怎麼用，我，我不知道。

G　：OK 啊，甭緊張，聊聊看看，做生意交朋友都是緣分！
　　　Vincent，哎唷，四位導師全轉身啦！

徐總：嘿，吃飯囉。

G　：啊，是這首。

（衍蘭唱一句，切歌）

蘭　：那大家先去吃飯吧。

徐總：喔，你不唱囉？

蘭　：很餓了，你們也餓了吧？

徐總：是啊是滿餓的。

梅　：那我們快去吃飯吧！

蘭　：叫一下衍菊。

（佑民從廚房出）

梅　　：衍菊啊，吃飯了！（對其他人）你們先去吃，生魚片先吃啊
　　　　趁新鮮。

G　　：好啊，餓了。

梅　　：衍菊！

佑民：（對徐總）這個送你，紀念品。我們學校 60 週年的紀念刊
　　　　物。我跟衍蘭服務的學校，也是我的母校。

徐總：哇，滿重的。

佑民：全彩銅版紙，成本很高。

徐總：嗯，謝謝，我只能招待你們紅酒了。

蘭　　：高佑民，我不是叫你不要帶那個東西嗎？

佑民：嗯？

徐總：/ 這很棒啊，過去的史料。我先放著，等等再看。

佑民：當然，當然。

G　　：好囉，生魚片要先吃，咱們就不等囉。

竹　　：曉婷說現在幫我拿過來。

蘭　　：我在這裡等她吧。

竹　　：喔，好。

梅　　：你們先吃，我去叫衍菊。

徐總：好。James ？

G　　：/ 他去車上拿白酒。

蘭　　：我也順便等他。

徐總：好。

（衍竹、徐總、Grace 由廚房下場）

佑民：老婆。

（衍蘭沒有回答）

佑民：他們蛤蜊湯賣完了，我買了豬肝湯。

蘭　：好。

佑民：啊我有傳訊息給你，你沒有回我我就先買了，你不會生氣吧？

蘭　：不會。

梅　：衍菊！吃飯！（衍梅走到樓梯邊）

佑民：啊你們也來吃啊。

蘭　：等一下。

佑民：欸這個，徐大哥的（拿起照片），是不是忘了收起來啊，我拿進去。

（衍梅跟衍蘭都看到了佑民把照片拿起來）

蘭　：沒關係你放著吧，會記得就是會記得，（頓，好像要解釋）拿進去廚房很容易弄髒。

梅　：衍菊！

佑民：歐（放下照片，停頓），老婆，你交代的我都會記得。

蘭　：好，我知道。

佑民：你不知道吧。

（頓）

蘭　：怎麼了？我知道呀。（有點遲疑地伸手拍拍佑民）你先去陪客人，我們等一下進去。

佑民：好。我都先幫你們把菜夾起來。

蘭　：嗯。

（佑民下餐廳）
（衍菊拿著台胞證下樓）

梅　：你拿這什麼？
菊　：廖衍竹的台胞證。他到底什麼時候要去？今天不是他的送別
　　　會嗎？

（頓）

菊　：（舉起手上的台胞證）過期了。他下禮拜要去？
梅　：你去他房間拿的？
菊　：對，就丟在床上。
蘭　：那是我放的，想說他睡覺會看到，本來是放在他房間的電視
　　　上。
梅　：是我放到電視上的，本來是在抽屜裡面。

（頓）

梅　：我再拿去辦。
菊　：那件事是假的。根本就沒什麼兇殺案。

（頓）

梅　：什麼？
菊　：你們一直覺得虧欠廖衍竹，好像他為家裡犧牲，但犧牲什麼

啊，留學的是他，出國的是他，還要說是因為留學讓他不敢
出去？你們真的相信是因為過去那件事？把現在的事情都
說是過去的影響很簡單，但誰沒有過去？

（頓）

梅 　：不然怎麼辦。
菊 　：不要再給他錢了。讓他自己想辦法。
梅 　：如果都不給你錢呢？

（頓）

菊 　：我有工作。
梅 　：沒有錢的工作根本不算工作。
菊 　：我可以打兩份工。
梅 　：那夠你花嗎？你買書買 CD 買那些有機的咖啡豆。
菊 　：我——

（頓）

梅 　：你可以幫助農民為什麼不能幫助你哥哥。
菊 　：人家農民比他有貢獻多了。
蘭 　：不要吵了啦。

（頓）

梅 　：你也不要再拿你哥的事情作文章了。

菊　：是你拆我雜誌？不要偷看我東西。

梅　：我哪有偷看。郵件都我收，什麼事情都我在弄，我不用看那
　　　到底是什麼嗎？（頓）你不要寫我們，我很怕跟你講話。

（沉默）

蘭　：衍菊寫了什麼？

菊　：我不會寫你們不用擔心，反正我也寫不出來，我只能寫寫家
　　　裡的八卦。

梅　：你要寫就像哈利波特那樣嘛，大家都開心，你寫這個誰開心
　　　了？

（頓）

菊　：不然我去武漢啊。

梅　：你去武漢？

菊　：衍竹就待在家裡。

蘭　：你們可以去，就是再問問徐大哥。

菊　：這種我不要，真的要去我自己去應徵。

梅　：你不會去，因為你還在寫你那些有的沒的。

（頓）

梅　：找一個工作，不然交一個男朋友，不然你到我這年紀一定會
　　　後悔。

（頓）

菊　：你看了嗎，我的小說。

梅　：嗯。

菊　：沒什麼感想要告訴我嗎？

（頓）

梅　：我不喜歡。家醜不可外揚。

（頓）

蘭　：不要吵這些事，衍竹要去武漢，我們要高興的送他走。衍菊，
　　　下次可以寫點讓大家開心的事。你文筆很好，我們都知道。
　　　（頓）用在對的地方。

（Grace 從廚房上場）

G　：我來幫 James 開門。

蘭　：剛剛門鈴有響？

G　：他說他按了好幾次。

梅　：我們好像沒聽到。（起身與 Grace 走向門口）

G　：沒關係啦，開個門又不會怎樣。（一起下場）

菊　：……

蘭　：我也沒有……

（沉默，James、Grace、衍梅上場）

J　：吃海鮮沒有白酒真的不行。

G　：什麼海鮮，是地道海產店，我看配啤酒最對……

J　：欸大姐二姐……

蘭　：/ 我們等一下衍竹的女朋友。

梅　：/ 先吃啊。

J　：我要大灌男主角酒喔，可以吧？

G　：對酒量真的要練。

梅　：嗯，沒問題的。

J　：Grace 你看到剛剛那個新聞澳洲森林大火。

G　：什麼？

J　：森林大火死了好幾百隻無尾熊。

G　：天啊那保育類動物。

J　：無尾熊沒有腎上腺素，遇到危險不會跑，那火再大，也是呆　　呆趴在樹上，他馬的，全死了。

G　：這國家怎麼搞得怎麼不去救援啊？真扯……

（Grace、James 邊說邊下場）

（Grace 又走回）

G　：妹妹，

菊　：嗯？

G　：你剛剛問我的那個，華人女學生姦殺案，（拿出手機，放到　　桌上）我連到澳洲國立圖書館，可以查到那天的報紙，各大　　報和地方 news 都有。挺多的沒細看，但這大事兒肯定上報，　　你先找找，看完再還我。

菊　：啊，謝謝。

G　：別客氣，英文看 OK 吧？

菊　：嗯嗯。

（Grace 下場）

（沉默）

梅　：我英文不好。

（衍菊走近手機，想伸手時 Grace 的手機滋滋震動響起來，三姐妹
嚇一跳）

菊　：黃和美。

梅　：是黃董嗎？

菊　：我不知道。

（手機響一陣，突然門鈴很大聲的響）

蘭　：好大聲。

梅　：真的。

菊　：壞了吧，一下子沒聲音一下子大聲。

（曉婷提著飲料進）

梅　：啊，

曉婷：啊不好意思自己進來了，剛剛門沒關。

梅　：喔喔。

曉婷：飲料——啊我直接拿去廚房？

蘭　：好，謝謝你。

曉婷：（往前走幾步，停下）啊，你們車子換地方停囉？

梅　：換地方？

曉婷：不是一直停在外面車棚嗎？很漂亮那台。

梅　：嗯。

曉婷：但剛剛進來好像沒看到……應該是我看錯了，但那麼大台不可能看錯……

梅　：應該是——（大聲的）

曉婷：嗯？

梅　：（發現自己太大聲嚇到人，調整音量）應該是，衍竹剛剛開去停車場放了。

曉婷：喔——

梅　：最近大陸人很多，怕刮傷。

曉婷：還好，嚇死我了，還以為不見了。沒有被偷就好。

梅　：不會啦。

曉婷：那車子超帥的。

（頓）

蘭　：曉婷你先拿飲料給衍竹吧。

曉婷：好。

（曉婷從廚房下場）

（長沉默）

菊　：我們有租停車場嗎？

梅　：衍竹一直說要租。

菊　：那他有租嗎？

（頓）

梅　：要問他。

（頓）

蘭　：我去看看車子。

（三姐妹疊個幾次「我去看」）
（頓）

梅　：有監視器。（頓）我不會切。

（頓）

蘭　：這麼大台，有可能不見嗎？

（頓）

梅　：車子不見沒有差，我們本來就不靠那車子。
菊　：沒有不見。
梅　：明天，我跟衍蘭要去上班，衍菊去打工，我們會把黃金和玉
　　　珮拿去估價，看可以怎麼樣可以，可以比較好。
菊　：我會去找正職，我可以。
蘭　：很好啊，很多事情做下去了，才發現沒有想像中的不開心。
菊　：嗯。沒有那麼不開心。

梅　：什麼生活都嘛可以過下去。

（頓）

蘭　：好餓。
梅　：我也餓了。

（頓）

菊　：我去看看車子。
梅　：我好餓喔，先吃飯吧。
蘭　：我也餓了。

（頓）

菊　：去吃飯吧。
梅　：嗯。

（頓）

梅　：吃飯吧。

（三人不動）

——全劇終——

全國最多賓士車的小鎮住著三姐妹（和她們的 Brother）

《全國最多賓士車的小鎮住著三姐妹（和她們的 Brother）》演出資料

演出團隊：四把椅子劇團

重寫原型：安東・契訶夫《三姐妹》

編劇：簡莉穎

導演：許哲彬

演員：王世緯、王安琪、高若珊、竺定誼、林家麒、林子恆、呂馥伶
（2015 首演）／劉莉（2018 加演）、鄧名佑、彭若萱

製作人：蘇志鵬

舞台監督：張仲平、周賢欣（2018 加演）

舞台設計：廖音喬

燈光設計：王正源

服裝設計：李育昇

音效設計：洪伊俊

平面美術：李銘宸

執行製作：孫瑞君（2015 首演）／吳可雲（2018 加演）

導演助理：王識安（2015 首演）／段生傑（2018 加演）

行銷宣傳：江季勳（2018 加演）

助理舞監：顏行揚

首演

演出時間：2015 年 5 月 7 日—9 日

演出地點：國家劇院實驗劇場

巡演

—2015 彰化劇場藝術節｜OPEN 實驗劇場秀—

演出時間：2015 年 10 月 24 日

演出地點：彰化縣員林演藝廳小劇場

—2016 台南藝術節—

演出時間：2016 年 4 月 16 日

演出地點：台南文化中心原生劇場

加演

演出時間：2018 年 8 月 17 日—9 月 2 日

演出地點：公館水源劇場

《全國最多賓士車的小鎮住著三姐妹
（和她們的 Brother）》創作起源

這齣戲以俄國作家契訶夫的《三姐妹》為原型，啟發自日本知名劇場編導平田織佐的《機器人三姐妹》，是我跟四把椅子劇團合作的「重寫經典計畫」第一部。

2014 年，我跟剛從英國念完碩士回來的導演哲彬，聊起那幾年分別在台灣、英國的觀戲經驗。我談起平田織佐重寫的《三姐妹》，時空是日本近未來一處有著機器人工廠的都市，透過人型機器人與三姐妹一家的日常生活，捕捉到超越時代地域的共通性。他講起 Benedict Andrews 在 Young Vic 的新版《三姐妹》，將長男重新詮釋為一個胖宅男，使得原作得以置入現代的脈絡。在那次談話中，我們看到當代的劇場工作者總是不斷詢問戲劇與當下的關係，因此確立了「重寫經典計畫」的構想。

文本跟戲劇的差異，在於後者是屬於聽覺的。我們必須問自己，閱讀原作得到的感動，是否會成為實際演出時的阻礙？我聽說福樓拜每寫完一段《包法利夫人》，就會一邊散步一邊大聲朗誦出來。劇

本更需要這麼做，原作與演出本不可能是同一件事。因此，我在這齣戲裡特別強調符合在地脈絡的「語言」。以我的家鄉彰化員林為本，有意識的參考平田織佐的戲劇結構：「寫實獨幕劇」、「單一場景」、「多人交談」、「對話就是從資訊多的流向資訊少的」，三分吐實七分遮掩的「冰山理論」，將重要資訊與生活細節並呈，試圖建立有真實感的角色。我認為這對劇場編劇是個很好的訓練，因為必須思考戲劇開始前所有角色的「前文本」，每個角色上下場各自基於什麼原因、帶來什麼改變，以及「micro step」（平田提出，讓角色做一些不帶有戲劇目的的動作，使角色更像真人）。角色聊或做一些似乎非戲劇主線的事，但卻隱隱跟戲劇主線相關，使角色真實，又不致於漫天亂聊，失了節奏主旨。

戲劇是西方傳進來的藝術形式，如何開放地擁抱當代戲劇（我認為持續有新譯本非常重要），同時又自覺到二十世紀以來，現代性在亞洲造成的影響——了解我們所處的社會——才可能有好的原創。其實跟製造威士忌很像，一邊從國外進口設備跟木桶，但究竟想呈現的「台灣的風土」到底是什麼，才是影響威士忌風味的關鍵。

服妖之鑑

舞台場景：

空台，有兩種選擇：觀眾在中間，或舞台在中間，又或者是一個猶如傳統說書的畫報、戲台。場上，全體演員穿著素淨的衣服現身。

劇中人物：

四女二男分飾不同角色

現世：均凡、護士、其他多角由不同演員分飾

前世：警察頭子凡生、大學生湘君、湘君男友俊良

再前世：明末才女吳岑、青樓名妓崔小湘、吳岑的丈夫楊懷

*標示底線（說書）的台詞由場上演員自由分配，以底線標示的角色名（例：護士）意指由此角扮演說書人

一、開始

全體：服妖者，男穿女服，女穿男服，風俗狂慢，變節易度，故有
　　　服妖。

說書：這個故事要從普通上班族均凡說起。

說書：這一年來，她晚上都從同樣的夢驚醒，需要花半個小時才能
　　　停止哭泣，卻不記得夢中發生什麼事情。

說書：她去看了好幾次醫生。

說書：可能因為小時候爸媽離婚。你要停止用別人的錯誤來懲罰自
　　　己。

說書：「媽你跟弟弟都會開玩笑。」

說書：「弟弟也會跟我講笑話啊，你比較嚴肅嘛。」

說書：家人覺得，不知道為什麼跟均凡一直都不熟悉。

說書：可能因為你太在意別人的看法。你要相信自己。

說書：相信自己的什麼？

說書：醫生說，「除了做夢之外還有什麼問題？」

說書：均凡說，「我寫不出來。」

說書：吃了藥比較好睡，她不記得做了什麼夢，可是漸漸的，均凡
　　　沒有辦法寫出一個完整的句子。

說書：「我寫不出來。我心中想的東西，我沒辦法把它寫下來。」

說書：公司打電話，「你的請假單是空白的？」

說書：均凡說，「我寫不出來。」

說書：「可以補上你請假的理由嗎？」

說書：「我沒辦法寫。」

說書：公司說，「我們沒有接受你無故曠職的道理。」

說書：均凡沒了工作，待在家裡。

說書：「已經不是第一次了，你到底發生什麼事情？」

說書：「我不知道。」

說書：「做幾個夢算什麼問題？」

說書：「我不知道。」

說書：「不准你用這種態度跟我說話。」

說書：「不要。」

說書：「你再說一遍！」

說書：誰都是用盡力氣要活下去，這世上沒有憂鬱症，醫生為了賺
　　　錢要騙你。

說書：「你不可能每天都做一樣的夢，我們不會留著夢的記憶。」

說書：均凡身邊的人，開始跟她保持距離。嘔吐、昏昏欲睡、抗憂
　　　鬱劑不會讓人變笨，只是讓人變得比較不在意。

說書：均凡的朋友漸漸不接電話。

說書：大家猜她可能是不想工作在裝病。

說書：均凡的家人慢慢不知道怎麼應付她自編自導的自暴自棄。

說書：究竟是醫生解決不了她的問題，還是她根本就喜歡有問題的
　　　自己？

說書：我做了一個夢，那個夢是——

說書：「你的藥越吃越多了。」

說書：那個夢是——

說書：「你的藥吃太多了。」

（沉默）

說書：「醫生說要吃藥。」

說書：「你藥吃太多了。」

說書：「我要吃。」

說書：然後她開始收到來自療養院的信。很多很多封，同樣內容的信，來自一所深山療養院。

說書：「你爺爺死了，請來領取他的骨灰罈。」、「他有話想告訴你，這是他的遺願。」、「你爺爺住在這裡一直到他過世前。」、「我是這裡的護士，房間號碼是 1028。」

說書：均凡拿給家人，一封信，可是沒有人在乎，這樣的一封信。然後最後一封信。

說書：「你最近一直做夢，跟你爺爺有關。」

說書：均凡看了一遍，又一遍，再一遍。信不再寄來。有沒有人能告訴她為什麼。

說書：她的世界停在這邊。她是不是該去那座療養院。

說書：你忘記了你曾經被詐騙？你忘記了吃藥讓你腦袋裝一堆大便？

說書：我認識你爸爸時你爺爺早已不在人間，我不知道他的過去，他就是很普通的人沒人想多看一眼。

說書：均凡說再怎麼樣他也是爺爺。

說書：我們已經不是一家人，你爸爸的爸爸到底跟我有什麼關聯？

說書：你沒了工作沒了朋友不要只會說抱歉。

說書：「你們好吵。」

說書：她沒聽到，只說你爸爸那邊的小孩拿獎學金到美國留學，你連工作都沒有好丟臉。

說書：出去走走，試著放下，我們就能繼續平靜地度過人生好多年。

說書：均凡說，「你不相信我。」

說書：「是你不相信自己會好起來。」

說書：均凡說，「我現在很好。」

說書：「隨便你。」

均凡：均凡說。

全體：（一起吵雜的說話）

均凡：均凡一次又一次的看著那些信，房間號碼1028。

說書：1028。

說書：這天，均凡一如往常的跟家人出去走走，換換心情。她們來
　　　到一座深山，走著走著，發現自己不知不覺來到了深山療養
　　　院。什麼時候離開了車子？什麼時候發現這裡離信中所說的
　　　不遠？什麼時候瞞著家人偷偷走偏？什麼時候來到了這個
　　　房間？眼前這個護士又是何時出現在她身邊？

均凡：　1028，1028……

說書：山上起霧了。

　　　起霧了就看到了路。

　　　有了路就得走。

　　　一棟老式建築，牆壁上有斑駁的紋路，

　　　樓梯間幾個乾淨的尿壺，

　　　一扇門半掩，均凡在走廊上反反覆覆。

　　　夢是現實的延續，現實滲透了夢的溫度。

（進入扮演情境）

護士1：她是今天要住進來的嗎？他們終於沒有一直叫我們派車去
　　　　載了，就說沒車──（抬起均凡）

護士2：我現在不能出力醫生說我血管有點堵塞。

護士1：醫生講話能信嗎？

均凡：我要找人。

護士2：不是她啦，你是來參觀的嗎？

均凡：我要找 1028。

護士 1：1028？就是這裡，斜對面那間。

護士 2：醫生說我血管有點堵塞。

（護士 1 放開均凡）

護士 1：你還好嗎？要不要先去醫院，啊這裡就是醫院。（兩人邊說邊下場）

均凡：1028⋯⋯1028⋯⋯（呆立著）

（歌聲出，三〇年代老式的台語流行歌曲一小段，護士走向均凡）

二、護士跟均凡

護士：不好意思今天不對外開放。

（均凡不說話）

護士：（看著均凡）是你啊，我看到你就知道是你了。

均凡：我？

護士：我認識你喔。

均凡：是你叫我來的。

護士：沒錯，那些信是我寄的。你爺爺要我找你。

均凡：我不認識我爺爺。

護士： 你爺爺在你出生之前就死了。你當然不認識他。

均凡：他是警察。

護士：他是警察，但他是一個怎樣的警察？

均凡：我不知道。

護士：你們家人不想讓你知道，但你爺爺想讓你知道，所以你會做夢。

均凡：我不想做夢。我想睡覺。

護士：吃藥會讓你忘記你做的夢。

均凡：吃藥可以睡覺。

護士：你要把你夢到的故事說出來、寫下來。

均凡：我寫不出來，我寫不出一個完整的句子

護士：你忘掉的夢，我跟你說。你把夢記下來，你就可以找回寫的能力。

均凡：真的嗎？

護士：這叫做敘事治療。

均凡：這不是吧？

護士：我的範圍比較廣。（護士給均凡一本簿子跟筆）

均凡：我為什麼要相信你？

護士：你都願意相信賣愛心筆的高中生，相信跟你一點都不熟的家人給的人生意見，就相信我一次會怎樣？

均凡：你怎麼知道？

護士：愛心筆嗎？一看就知道——

均凡：我跟我家人不熟。

護士：這我怎麼可能不知道。你一看就跟家人不熟，你覺得你好像不是這個家庭的孩子，對吧。當然你也可以說，很多人都覺得跟他們的家人很陌生，用這句話當開場白十個有九個會說對。

均凡：是這樣沒錯，家庭、感情、錢，煩惱的還不就是這些。

護士：但你的狀況又更特別。

均凡：特別？

護士：你不用去想，你聽到什麼就寫什麼。反正你也沒有什麼損失
啊。下一班公車是一個半小時後。你就當打發時間。

（均凡看著護士，有點遲疑）

護士：我是留學日本的護士，我曾經搶救過火山爆發的小鎮還到非
洲當志工這是我當時的證書跟照片（拿起來一閃而過），但
你不需要知道這些，這些都不是重點。重點是，（看著均凡
的眼睛）我們開始說故事，不管你說什麼，我都會聽。

均凡：嗯。

護士：你知道代間傳遞嗎？

均凡：不知道。

護士：這一代沒解決的問題，會流傳給下一代，下下代。

均凡：那我能怎麼辦？

護士：先跟我談談你最近的夢好了。

均凡：最近……在夢裡面不能呼吸。

護士：然後呢？

均凡：忘記了。

護士：嗯。你先燒支香吧。

（均凡拿香拜）

護士：這是給被你爺爺害死的人。

均凡：害死的人？

護士：把這些人餵飽，他們就不會去找你爺爺了。

就算這個人是壞人，我們還是會站在我們愛的人的那邊。就算他在別人的標準裡面不是好人。

均凡：我爺爺不是好人嗎？

護士：看用誰的標準了。

均凡：不知道要說什麼，希望你安息，保佑後輩子孫。

（均凡拿香閉眼敬拜）

護士：你一定不記得許湘君是誰了吧？

均凡：誰？

護士：許湘君。

均凡：（均凡看著彷彿在她眼前出現的湘君）我好像在哪裡看過她。

三、湘君與凡生

（披頭四的〈yesterday〉，歌入）

湘君：六〇年代的這一天，湘君還是一個大學生，未來的夢想是能去美國留學。她有個同所大學的男朋友俊良（俊良跟湘君兩人相視微笑），他們是在舊書攤搶著要一本被禁的魯迅小說集認識的，之後又多次在書攤遇到，每每心驚膽跳的走過街頭，在書攤看到那個熟悉的背影，心中就安心了。感情也就這樣自然發生了。

俊良：兩人念了點書，常常互相討論，都希望能為社會盡一份力，參加了社會服務隊還不夠，此時學校有一群學生，熱烈發起

了為植物人王曉民募款的活動，他們在街上奔波了幾個月，也自掏腰包捐款，成功讓王曉民去美國就醫了。後來知道那群學生是跨校公益組織「中國青年自覺運動推行會」的成員，他們也就加入了。

均凡：王曉民是那個高中就變成植物人的女生？

護士：對，那時候美國就代表了希望。

齊唱：

Yesterday, all my troubles seemed so far away
Now it looks as though they're here to stay
Oh, I believe in yesterday

俊良：謝謝大家，我想先說幾句話。在大家的努力之下，我們讓王曉民一家人得到他們應有的希望，當然不只我們，而是全國年輕人團結在一起才完成這個美好的目標，雖然我們無法認識所有人，但這個島上，在不同的城市，都有我們的夥伴。

（俊良朗讀以下括號內容）

「我們不是自私頹廢的一代，
讓我們赤子之心相連結；
讓我們從自我反省中成長，
我們願作傻瓜為社會服務，出錢出力，
讓人間的溫暖與光明永存。」

（護士拉著均凡加入，眾人鼓掌，另一個友人Ａ上台跟俊良說了什麼）

友人Ａ：明天我們會繼續努力，讓更多年輕人加入青年自覺的行
　　　　列，今天，就跟昨天說再見吧。

護士：明天會進行什麼服務嗎？

湘君：剛加入的朋友嗎？我們之後會進行的服務有，去育幼院、清
　　　　掃街道，明天是星期五，車站會很多人，也可以一起去幫忙
　　　　整頓排隊的人潮，美國人來台灣看，笑我們連排隊都不會，
　　　　不能再丟臉了。

護士：謝謝，我知道喔。（兩人互看微笑）湘君雖然這樣說著，可
　　　　是沒有人知道明天就不一樣了。

均凡：我記得王曉民不是一直都沒有醒來？

護士：一直到她過世都沒有醒來。

均凡：她過世了？

護士：好幾年前的事了。

均凡：從年輕就變成植物人一直到死去是什麼感覺。

護士：其實我們一般人也差不多，我們有比植物人更好嗎？

均凡：好像也沒有，而且植物人要花費的資源可能更少，也不會欺
　　　　騙感情或背叛別人。

護士：看吧。

湘君：以後我們會固定來這邊收垃圾，請不要亂丟！

友人Ａ：請大家往這邊排隊！不要推擠，謝謝！我們是「中國青年
　　　　自覺運動推行會」。

友人Ｂ：不要自私。

友人Ｃ：不要腐化。

友人Ａ：不要貪婪。

友人Ｂ：不要找工作走後門。

友人C：不要送紅包。

友人A：不要選舉買票。

友人B：不要亂丟垃圾。

友人C：不要吐痰。

友人A：不要讓美國人笑我們髒！

護士：那年由台大政大的學生發起，導正社會風氣，全國學生、老師、各行各業有萬人響應。

均凡：那個年代真無法想像。

護士：無法想像的事情真是多著呢。你爺爺說相信，在街上就已經跟湘君打過照面了。

均凡：什麼時候？

護士：他曾經在街上隨手亂丟垃圾，那群撿垃圾的大學生把垃圾撿起來，他相信其中一個一定是湘君，慢慢的他就好像真的看到他們在街上擦身而過的畫面。

均凡：那是他想像的，我也會想像我出生那天我媽抱著我喜極而泣。

護士：結果呢？

均凡：她一整天都在睡覺。

護士：我們都喜歡對重要的東西做額外的想像，你越去想，它越重要。

均凡：欸不安慰我一下？

護士：你先寫下一個名字。袁凡生。

他叫做凡生。

（凡生出現於場上）

凡生：這時候的凡生在警察局的一個房間等著，他準時每天早上八

點上班，下午五點下班，他有一個妻子和兩個兒子，生活規律，冷血無情。這個黨把他從小職員拉到一個握有權力的位子，從此只有他欺負別人，沒有別人來欺負他的份。

他穿著乾淨筆挺的全套西裝。他叫做凡生。

（兩個部下架著湘君）

部下1：不好意思，要邀請你來我們局裡泡茶。

湘君：我做了什麼事嗎？

部下2：你做了什麼事我不知道，但一定有做什麼事，不然全台灣一千五百萬人怎麼偏偏就抓你？

湘君：我朋友呢？

部下1：他們已經在我們局裡了，你不配合的話他們會很麻煩。

湘君：你們不能隨便抓我，我又沒怎樣！

部下2：不配合調查，你心裡有鬼吧？

部下1：你們看什麼馬克・吐溫、馬克斯・韋伯，這馬克什麼不都跟馬克思相關？

湘君：我沒有辦法跟文盲說話，你拿起來看一看！

部下1：看了就跟你一樣下場誰敢看？

部下2：廢話少說，走！

（兩人將湘君丟到凡生的房間）

部下2：有人問說，幹嘛抓他們，他們做的只有打掃跟募款不是嗎？

部下1：沒事一群大學生聚在一起搞公益，怎麼可能只有打掃跟募款，一定是有目的的，

部下2：黨是這麼想的，不管是什麼黨，只要是，

部下 1&2：黨，都會這麼想。

均凡：他們為什麼要抓他們？

護士：需要什麼理由嗎？

凡生：又是你們啊。（頓）年輕人很容易被煽動，你的愛國心容易被不法人士利用。

湘君：我們只是去掃地。

（頓）

凡生：貝多芬，《英雄》。每次聽這首曲子，就完全明白你們這些讀書人怎麼會前仆後繼的想當英雄。但人家是英雄你們是什麼，會賺錢了嗎？能自己養自己了嗎？學校栽培你是讓你學專業不是去掃地的。（頓）許湘君，你要說了嗎。（湘君沉默。凡生將門鎖上，把鑰匙放進襯衫口袋）在你說清楚講明白之前，這扇門是不會開的。
念在你是個女大學生，我不會怎麼樣，我就在這邊等，看你要撐到什麼時候。

湘君：我不知道只是掃個地還會有這麼多問題。

凡生：你要掃地以後還嫌不夠掃啊？要不要來我家掃？你以為這種藉口我會信嗎？沒事掃什麼地？

湘君：那叫無私的付出。

凡生：然後呢？除了掃地還做了什麼？（沉默）你知道讀書人最怕什麼嗎？（將湘君拉起趴在桌上）最怕丟臉。（凡生走到湘君面前，拉著她的襯衫）我問你一句，答案我不滿意的話，我就開你一顆扣子。在這裡我就是老大。上個月 15 號你人在哪？

湘君：我不記得。

（凡生解一顆扣子）

凡生：你是不是在街上買了《中華日報》？
湘君：是，但我不記得是不是那天。

（解一顆扣子）

凡生：而且還買了不止一份？是不是？
湘君：是。
凡生：你還記得你那時候跟旁邊的人說什麼嗎？
湘君：我不記得了。

（又解一顆扣子，此時凡生需要坐下）

凡生：好了，我覺得煩了。（呼吸困難）站著不要動！（湘君不動）
　　　接下來你自己解。
凡生：你承認你講過同情政治犯柏楊的話嗎？
湘君：我沒講。

（解一顆扣子）

凡生：你們一群人聚在一起，有看過魯迅跟沈從文吧？（頓）
湘君：沒有。

（解一顆扣子）

凡生：再這樣下去我看整件脫下來囉。

湘君：（頓）脫吧。

凡生：什麼？

湘君：不管你怎麼逼我我都不會承認，把我脫光丟到街上我也不會
　　　承認。

凡生：你以為我是吃素的啊？你不擔心你男朋友的安危？

（湘君靜默不語）

凡生：（看著湘君的內衣）站過來一點。（頓）你這個內衣是什麼
　　　牌子的？現在這個款式很流行嗎？美國的？（湘君沉默）回
　　　答啊，你當我這不是問題啊。

（凡生很隨意地彈著湘君的肩帶）

<u>湘君</u>：湘君感覺萬分羞辱，突然一個衝動讓她喪失理智，（突然用
　　　力轉身）隨便你要怎樣，但不要以為你可以羞辱我！

<u>凡生</u>：然後，凡生昏倒了。（凡生昏倒躺下）

均凡：這是什麼情況？

四、祕密

<u>護士</u>：湘君大吃一驚，自己可沒有碰到他啊，她探了探凡生的呼
　　　吸，確定對方還活著，要是死了她麻煩就大了。

湘君：湘君匆匆將襯衫穿上，她猶豫一下，伸手到凡生的口袋內想找那把鑰匙，在找的時候。

護士：她摸到襯衫底下有彷彿鋼圈的形狀，就好像她身上穿的那件一樣。

湘君：忍不住好奇，她拉開了凡生的領口。

凡生：看到身為男性的凡生穿著一件明顯過小、過緊的女用調整型內衣。

護士：原來凡生偷穿他妻子生產後的調整型內衣，把他勒得喘不過氣來。

湘君：這時候凡生，

均凡：醒來了。

凡生：凡生一個下意識他立刻抓住湘君的手臂。

湘君：湘君第一個反應就想逃跑但完全逃不了。

凡生：你看到了？

湘君：我沒看到。

護士：兩人沉默。

湘君：凡生拔出槍來指著湘君，天啊她感覺自己命在旦夕但又只能假裝鎮定有時候就是身體反應比什麼都快（湘君跪下），我死也不會說出去。

均凡：不要殺她！我要報警囉！

護士：他就是警察！

均凡：啊。

護士：放心啦，這把槍一直都沒有發射。（微笑）就是這把（拿出槍），這是凡生的遺物。

凡生：死了就不會說出去了。

這世界不能有人知道我的祕密，呼（喘息），

湘君：對不起，但是你那件真的太緊了……

凡生：我知道！等你離開我再處理……好緊咳咳咳……

湘君：需要幫忙嗎？

凡生：不需要！

<u>護士</u>：凡生拉開槍的保險，

湘君：我帶你去買合適的內衣！

<u>護士</u>：聽到拉開保險的聲音，湘君像是腦袋被打到一樣說了這句話——

<u>凡生</u>：凡生愣住。

湘君：你殺我會很麻煩，還要處理屍體、還要找到一個合理的原因，我要跟誰講？根本沒人可以講，你是局長，我只是一個學生，誰會相信我？而且而且講了對我有什麼好處？而且美國年輕人都裸體上街了，我們也要，也要跟著進步……

<u>凡生</u>：凡生沉默。

湘君：在美國也是有男人穿女生的衣服，蘇格蘭的男人不也穿裙嗎？

凡生：有這種事？

湘君：這沒什麼，比較開化的國家都這樣。

凡生：所以美國人都這樣？

湘君：我下次拿照片給你看，我去美國念書的同學寄給我的。

凡生：不奇怪？

湘君：一點也不奇怪，我們就是太保守了，發展才會輸給西方。（見凡生猶豫，又繼續講）以前在學校，早上升旗，天氣熱，有一個女同學突然昏倒了，後來才知道她內衣太緊了，處理這些事情我們很有經驗，女生當了一輩子也不是白當的，以後你可以找我討論，

凡生：討論。

湘君：對，化妝啊、口紅啊，腿不好看怎麼挑迷你裙啊，我上次買
　　　了一隻新的口紅，花了我一個月的，

凡生：什麼口紅？

凡生：聽到這個關鍵字，凡生猶豫了，他多麼想要一支口紅。

湘君：大部分當然都是以國家社會為重，但有時候打扮打扮心情都
　　　不一樣了。

凡生：他多麼想要一支口紅。（表現出多想要一支口紅的動作）

（插入曲為中島美雪的〈ルージュ〉〔口紅〕：

生まれた時から渡り鳥も渡る気で

翼をつくろう事も知るまいに

気がつきゃ　鏡も忘れかけたうす桜

おかしな色と笑う

つくり笑いが上手くなりました

ルージュひくたびにわかります

〔中譯：

候鳥並不知生來就要為渡海梳整羽毛

一留神才發現連鏡子都忘了的那淡櫻花色口紅

真是可笑的顏色啊

現在的我已經很會陪笑了

每擦一次口紅就有所感觸〕）

凡生：饒你一命可以，但不要忘了，你的朋友張俊良的命，可是掌
　　　握在你手上。
　　　如果有一個人聽到這件事，就殺你一個朋友，如果有兩個人
　　　聽到這件事，就殺你全家。

湘君：我一出這扇門我就什麼都忘了。

凡生：下個禮拜，西門町，中華商場。

五、口紅

（西門町街頭）

（口紅推銷員拿著擴音器，旁邊有行人們）

推銷員1：各位各位，走過路過不要錯過，挑挑看選選看，我們都
　　　　有帶喔。

推銷員2：幫你們科普一下，小故事大啟示啦，口紅的由來。

推銷員1：三千多年前，蘇美人就開始使用口紅了。埃及豔后是史
　　　　上第一位執迷於口紅的名女人。羅馬時代，皇帝尼祿的妻
　　　　子同樣愛口紅，在她身邊有一百個奴隸，隨時幫她塗口紅，
　　　　在皇后影響下呢，愛美的羅馬人開發出了獨特的口紅原料：
　　　　一種富含水銀的海藻，有錢的羅馬人不知道這些海藻有毒，
　　　　貴族們每天化妝，就是跟死神說哈囉。水銀透過嘴唇進入人
　　　　體，最終中毒死亡。你看，口紅就是死了都要愛，死了不意
　　　　外，挑挑看選選看，以前的有毒，現在的梅毒，你梅毒我淋
　　　　病不要錯過不用難過……

推銷員2：欸你覺得如果羅馬人知道有毒，就不會用了嗎？雖然有
　　　　毒但也不知道塗幾次才會死。

推銷員1：我不是羅馬人。

推銷員2：那你會選哪個？永遠不塗有史以來最美但有毒的紅色，
　　　　然後很醜的病死，還是塗了有毒的紅色，慢慢中毒死去？

推銷員１：幹你媽莫吵賺錢啦。挑挑看選選看，不用難過愛美不是
　　　你的錯……

六、中華商場

（凡生與湘君出現在中華商場）

凡生：這張紙上面寫著我的身材尺寸（拿給湘君），我們要先約法
　　　三章。
湘君：請說。
凡生：我要買一套最好看、最年輕的洋裝、內衣、口紅和鞋子。
湘君：是。
凡生：我會假裝成陪你來買，所以，你學過摩斯密碼嗎？軍訓課有
　　　沒有上過？
湘君：沒有。
凡生：沒有？國家沒救了。好吧，簡單一點，你看到我把手靠在下
　　　巴上，就表示這套我喜歡，你就照我的尺寸拿。當然你也可
　　　以拿你覺得好看、適合我的。到這邊為止明白嗎？
　　　下一個階段，我們到試衣間去，你要給意見可以，但是絕不
　　　能講到洋裝這兩個字，也不能讓別人知道是我在穿，
湘君：好，我會很隱密的行動。
凡生：什麼「這件洋裝你穿起來很好看」這些話絕對不能給人家聽
　　　到。
湘君：是，那我要怎麼告訴你穿起來好看還是不好看？
凡生：好，要是我問你說，昨天是哪個轄區報案？就是在問你我穿

起來怎麼樣，明白嗎？

湘君：明白。

凡生：如果你覺得好看的話，你就說，上面的轄區，不好看，就說
　　　下面的轄區，明白嗎？

湘君：明白。

凡生：要是覺得款式好看但換個顏色，就說右邊的轄區。要是覺得
　　　顏色好看但換個款式，就說左邊的轄區，明白嗎？

湘君：等等我記一下，上面，下面，換顏色右邊，換款式左邊……

凡生：然後不能因為嫌麻煩就不給意見，我絕對看得出來你表面服
　　　從，陽奉陰違，明白嗎？

湘君：明白。

凡生：好，練習一遍。（站挺）昨天是哪個轄區報案？

湘君：左邊。

凡生：左邊，嗯……

湘君：嗯就是——局長說顏色可以但換個款式——

凡生：喔對，對，咳，很好，你有用心，很好。

湘君：（陪笑）謝謝局長。

（頓）

凡生：帶路啊，我是知道店在哪裡喔。

湘君：是的局長。請問俊良他現在還好嗎？

凡生：沒問題，好得很，有我在，沒人敢動他。

湘君：謝謝局長，請問我能去看看他嗎？

凡生：現在是你發問的時候嗎？（指著某件衣服）昨天是哪個轄區
　　　報案？

湘君：下面。

服
妖
之
鑑
簡
莉
穎
劇
本
集
2

凡生：好，你有用心，很好。

說書：湘君帶著凡生逛進中華商場，她想了各種方案 ABCD，就算引起懷疑，也能守住祕密。

說書：最麻煩的是俊良的朋友在當店員，如果遇見，要怎麼解釋她跟陌生男子一起出現。

說書：但在活著還是死去這兩個選項之前，這些都不是重點。

說書：但是那天他們完全沒有用到他們訂下的暗號。
　　　沒有人看他們一眼，所有路人也都視而不見。

說書：因為所有人都在看，或聽，中日少年棒球對抗賽。

七、紅葉少棒 vs 日本代表隊

（商場上眾人聽著棒球轉播，凡生與湘君一邊購物）

不知道哪來的轉播：

現在日本隊的投手站上了投手丘，現在是第六局，第六局，現在的比數來到 2：0，我們的投手充分壓制對方打擊的火力，現在還沒有拿下一分，現在輪到我方攻擊，我們有沒有可能再把分數拉大呢？有沒有可能創造奇蹟呢？中華民國未來的希望都寄託在這些孩子身上！好的現在我們的打擊手準備好了，

（凡生拿著洋裝比劃，湘君欣賞）

給他們好看！給他們好看！一壘有人，投手投球，打擊出去！這個球直直飛出去了！全壘打！！！

（凡生將洋裝披在身上比劃，跟湘君繞場，繞不同店，有如四個量包，分別從不同演員手上接過內衣、口紅、跟鞋）

好的，跟全場致意，全國同胞都被這一刻給熱烈地感動了！是一支兩分全壘打！

（持續播報，此時播報聲混雜著國歌響起，場上眾人立正，凡生跟湘君仍然像是閨蜜一般在國歌聲中拿著口紅。湘君看了看四周，凡生看了看四周，察覺目前眾人的注意力都在光榮的一刻 —— 榮耀的國歌 —— 沒人注意他們）
（湘君接過口紅幫凡生塗上）
（在昂揚的國歌聲中，塗著口紅的凡生立正站好，直視前方，湘君一直看著他）
（國歌結束，燈暗）

八、護士與均凡：關於夢

護士：你是不是該吃藥了？
均凡：我的藥不見了。

（頓）

護士：砰！（拿著槍很大一聲）
均凡：嚇我一跳！

護士：故事裡出現槍，就要發射。

均凡：這槍又沒有子彈。

護士：它壞了嘛。你寫得怎樣。

均凡：不重要啦。

護士：我看一下。

均凡：不要看啦。

護士：「凡生要湘君帶他去買衣服，兩個人買了洋裝跟口紅，凡生
　　　帶湘君去吃飯。」我還沒講到去吃飯啊。

均凡：你還沒講到嗎。

護士：你有點想起來了。

（杯盤的碰撞聲）

均凡：不過逛街完吃飯滿合理的吧。

護士：在一間高級的西餐廳，吃著高級的牛排，在那時只有美軍和
　　　國民黨高級將領能去用餐。記得這個畫面嗎。

均凡：記得。高級的牛排不是放在鐵板上的那種，一定是放在乾淨
　　　的白色瓷盤。

（侍者拿著牛排上場）

護士：你吃五分熟的牛排。

均凡：對。

護士：看吧，我很了解你。

九、西餐廳牛排館

（古典音樂響起）
（凡生和湘君坐在白淨的桌前吃著牛排，凡生喝著酒，帶著酒意）
（服務生來來去去）

湘君：你吃五分熟的牛排？
凡生：好的肉不能煮太熟，不然就浪費了。

（頓）

湘君：這不只是咖啡而已吧？這是全台北最高級的西餐廳。
凡生：喝咖啡不墊墊胃，會胃痛，吃吧，要吃什麼就點，別客氣，
　　　這酒也是最高級的，別客氣，我岳父寄放的酒，隨便喝。

（湘君低頭吃著，沉默）

凡生：就當作是謝禮。

（湘君繼續吃著）

凡生：難得有人能就這件事給我意見。

（湘君繼續吃著）

凡生：那我有一個問題，就是眼線怎麼畫啊？

（頓）

凡生：說話啊，很悶欸。

湘君：（頓）嗯，局長在擦「那個」的時候，要把嘴巴笑開在擦，
　　　不然，

凡生：這裡是包廂，不會被聽到的。

湘君：擦口紅的時候要笑開再擦，不然會有唇紋，不好看。

凡生：好。（做了個笑開的表情）

湘君：就是這樣。

凡生：好。

湘君：所以尊夫人不知道嗎，您這個，

凡生：被知道了還能做人嗎，我乾脆自殺算了。

湘君：啊，這是上次說要給局長看的，照片，在美國這叫做 Drag
　　　Queen，我朋友拍給我的。

凡生：哇，（頓）這個特別漂亮。

湘君：真的。

凡生：他看起來是最不像男人，其他都看得出來。

湘君：天生麗質吧。

凡生：這件衣服好看。

湘君：這個啊，他好像是模仿瑪麗蓮夢露。

凡生：要是也這麼好看就好了。

湘君：局長不輸他們。

凡生：真的？（欣喜，端詳照片一陣）我是覺得東方人畢竟比較纖
　　　細一點，西方人看起來骨架太粗。

（頓）

凡生：（頓）我小時候很自然就拿我媽的衣服來穿。到大一點被父
　　　親發現，被狠打，之後就不敢了，在學校很常被欺負，但常
　　　常忍到受不了，就是偷偷躲起來穿。後來跟我太太結婚，我
　　　岳父的後台硬，我當上局長以後，把以前欺負我的人都弄進
　　　牢裡了。

（湘君沉默）

凡生：我岳父幹了很多壞事，我們家上溯祖宗八代都清清白白查不
　　　到一點瑕疵才聯姻的，要是他發現我這樣，他要一腳踢開我
　　　還不容易嗎。
　　　所以今天，嗯，謝謝你。
湘君：原來是這樣。
凡生：我常想說要是我有個姐妹就好了，偏偏我是長子，下面兩個
　　　弟弟都小我十幾歲，今天真的覺得要是有像你這樣一個妹妹
　　　就好了。
湘君：局長喝多了。
凡生：不然你當我妹妹好了。
湘君：（微笑）局長……

（頓）

凡生：（沒說什麼，又低頭看著照片）以後去美國，不知道能不能
　　　遇到他。
湘君：我之後會去美國留學，我先幫你看看他們，幫你探好路，歡
　　　迎袁大哥隨時來觀光。
凡生：你的邀約我是會當真的。

湘君：我是說真的，但要是你抓了我任何一個朋友，我們可能就真
　　　的是敵人了。

凡生：你朋友乖乖的不要作亂我保證不碰掉一根毛。

湘君：好，我們乾了這杯酒，就算是互相給保證了，我不說出去，
　　　你把我朋友放了，然後，你來美國，我一定招待。

（兩人大喝一口酒）

凡生：我看過的人多了，我看眼睛就知道這個人。你是好人。

湘君：謝謝袁大哥。

凡生：我才要謝謝你，今天買這些東西，這個夢我想了幾十年。

湘君：上面。

凡生：什麼？

湘君：你今天試的那套很好看。

（凡生伸手握住湘君的手，默然無語）

凡生：我明天會讓你朋友回家，以後你就是我妹妹了。

十、俊良和湘君

俊良：俊良在湘君推開家門之前，他就知道他為什麼生氣了，一整
　　　路都在生氣，只是他一直講不出口。畢竟是湘君把他弄出來
　　　的，於情於理他都要感謝她。
　　　雖然他早就聽說局長帶湘君出去一整天，回來之後就馬上放

人。

他整個腦海中都是不對勁的畫面。還聽說他們去了西門町。

湘君：怎麼了？他們有對你怎樣嗎？有打你嗎？你幹嘛都不說話？

<u>俊良</u>：沒事。他才想問湘君局長有對你怎樣吧，一想到這他就忍不住問出口了。

湘君：沒事沒事，局長沒對我怎樣。他人還不壞，比起其他警察是能講話的。

俊良：被他送進牢裡的還有少嗎？他抓人不分青紅皂白，說什麼「你一出生我就知道你是共產黨員」，為什麼？因為那個人十月一號出生，共產黨國慶！那人說我出生的時候俄國共產黨還沒成立，局長說那是外國的事務我管不了，這種人你說他人還不壞？

湘君：當然跟他絕對不是朋友，只是打通一下這個關係，萬一被隨便打成共匪，也才有人可以幫忙嘛。

俊良：要一個警察頭子來幫我，我不如死了算了。你一直幫他講話，是拿他什麼好處了？他沒對你怎樣，那你們去一整天是去哪裡？

湘君：沒、沒去哪裡。

俊良：我聽到局裡其他警察說局長帶你去西門町，講得可難聽了！

湘君：去西門町就去逛逛而已。

俊良：一男一女去西門町逛逛？這真是再正常也沒有了。

湘君：人家結婚了好嗎？

俊良：哼，早就聽說他跟他老婆各玩各的，你當我白癡啊！

湘君：你幹嘛這麼煩啊？

俊良：不然去哪裡逛？你們說了什麼做了什麼？

湘君：就真的只是逛逛，根本沒怎樣好嗎，我什麼都不能說，不然

他會殺了我們。

俊良：要殺就殺啊，搞這什麼，離間計喔，小人。

湘君：俊良，我救你一命欸，你不謝謝我你吼我喔，你以為你是誰啊，你不知道我喜歡你嗎？

俊良：（態度軟化）我知道，但他們太奸詐，我不知道他這樣是要幹嘛。

湘君：你相信我。（兩人擁抱）

俊良：好啦……對不起我太兇了。

（湘君靠在俊良懷裡，湘君摸摸口袋發現那支唇膏，掏出唇膏）

俊良：怎麼了？（湘君拿著唇膏想幫俊良塗上，俊良一個轉頭）做什麼？

湘君：（頓）沒，開開玩笑。

（兩人繼續依偎）

湘君：其他人還好嗎？

俊良：警察找台大政大的主要幹部去訊問了，說什麼怕我們結黨作亂，但我們真的沒做什麼密謀顛覆政府的事，不就是一片想為社會服務的熱血嗎？以後這樣誰還敢無私奉獻？

湘君：只要大家互相信賴支援，我相信不會有問題。（摸摸俊良的臉）你也別太累了。

俊良：我在牢裡認識一個人，他是台大的學生，（悄聲）他懂馬克思主義。（頓）這一切太不合理了，真正為國家付出的年輕人被當成叛徒。

湘君：我們都剛從警察局出來，先安分一點吧。

俊良：（思考一陣）好，那你也要答應我，以後局長找你你都不要
　　　答應他，不要見他，我會吃醋，而且你跟他見面我心不安，
　　　對你的信賴會打折，他不是我們能對付的，答應我好嗎？

湘君：我答應你。

十一、跟我去上海

（凡生走過來）

凡生：一個月後，
　　　跟我去上海。

湘君：我會假裝沒看到你你請回吧。好幾個幹部又被叫去訊問了，
　　　你說什麼？

凡生：跟我去上海，（頓）已經一個月了，我差不多到極限了。我
　　　買了那些東西回去，本來覺得就偶爾摸摸它們、在心中想
　　　一下，也就算了，但實在是，為什麼不能穿那樣走在路上。
　　　（頓）我接了一個去上海的任務。

湘君：任務要做什麼？

凡生：沒做什麼，別擔心，一點危險都沒有，我用生命擔保，你連
　　　皮肉傷都不會有。（頓）那裡不像這裡有人等著，看我什麼
　　　時候會露出破綻。

湘君：我不能答應你。

凡生：拜託你了，只有你能幫我了。你假裝是我太太，一男一女比
　　　較不顯眼，（拿著護照）我們定居香港，在世界各地經商，
　　　做機械馬達的生意，我會說粵語，你不用擔心。你的身分是

廈門人，八歲就出國，在國外長大，你會說閩南話，要裝成
廈門人完全沒有問題。

湘君：不行我不能答應你。

說書：然後他們就到上海了。

十二、來去大陸看電影

說書：1969 年，所有人都知道反攻大陸只是一場夢。

說書：只有一個人不知道。

說書：派特務去大陸沿海城市，破壞幾面牆幾輛車，不痛不癢。
　　　高調搞破壞反而引人注意，造成死傷慘重。

說書：死前受盡各種折磨，
　　　你身上所有有洞的地方都被封起來。

說書：所有沒洞的地方都被打了個洞。

說書：所有硬的器官都變成軟的，

說書：所有軟的都變成硬的。

說書：這怎麼辦呢？再這樣下去台灣就沒人要幹特務了！

說書：一個優秀如 007 的情報員向情報頭子谷正文獻了一個妙計。

說書：這個計畫叫做吃吃喝喝來去大陸看電影。

說書：在大陸吃飯靠的是什麼？是糧票。

說書：要糧票才能換糧食。

說書：我多吃了別人一份糧食，別人不就沒得吃了嗎？

說書：我多看了別人一部電影，別人不就沒得看了嗎？

說書：我多坐了一個火車座位，別人不就沒得坐了嗎？

說書：造成的心理和生理打擊，肯定有過之而無不及。

全體：有過之而無不及哪～

說書：再把糧票火車票電影票帶回來，放在蔣總統面前，

說書：他龍心大悅。

　　　（浙江鄉音）好！好！

說書：升官拿獎金。

說書：討個好老婆。

說書：買部德國車。

說書：人生多美滿。

全體：果然是台灣 007 ！

（《007》的開場音樂進，交織蔣中正演講內容：「中華民族歷經無數嚴重憂患之挑戰，自更無懼於此後任何衝擊與考驗，在徹底的革命的大覺悟之中，在堅決的革命的大行動之中，追求國民革命再北伐的勝利，創造中華民國再統一的光榮。」*
凡生與湘君宛如特務般穿梭於場上其他人間，敵不動我不動，也可能是舞蹈）

湘君：湘君從沒有到過上海，她不知道她為什麼就答應了。可能她
　　　怕她拒絕了他，他們又會被帶去警局，也可能她真的想看看
　　　凡生，能用最美的樣子出現在街上，可能她就是沒有理由
　　　的，很想幫他。

＊音源：https://www.youtube.com/watch?v=DeGEdcB8Ijg

十三、海底世界

護士：如果那天有人來到距離上海二十公里的小漁村，會看到這樣
　　　的一個景象。
　　　不過那裡沒有人，只有魚而已。如果魚會說話的話，可能會
　　　這樣描述牠們看到的景象。

（三隻魚加一隻海龜）

魚1：媽、媽，又有一對狗男女跑來這個沒人的海邊偷情了！

魚媽：呃你是第幾個孩子？抱歉我有好幾千個我記不太起來。

魚2：哥，什麼是狗男女啊？我看到是兩個女生捏。

魚媽：等一下你又是第幾號？

海龜：在他們進屋之前我看得明明白白，是兩個女的。

魚媽：那個你是？

海龜：我不是你的孩子我是海龜。

魚1：等一下，最大的問題是這個時間來海邊幹嘛？現在不是應該
　　　在田裡勞動嗎？現在可是文化大革命，年輕人都下鄉啦！

魚媽：你是新來的嗎？

魚1：媽你閉嘴。

魚2：哥！

魚媽：你以為我想當媽啊？你以為當媽很容易啊？你試試看生幾千
　　　隻看看啊？看你記不記得起來！

魚1：所以為什麼這個時間來這裡⋯⋯啊，難道是國民黨特務！

海龜：這些事情我一點都不在乎，每天都要吃到海藻重要多了。

魚1：這就是了，明明就是一男一女，但裝成兩個女的比較讓人沒

有戒心。

海龜：明明就是兩個女的，算了，就算是兩百萬個女的，也比不上
　　　海藻。

魚媽：都沒有人理我。

魚2：欸你們看一下，好漂亮捏。

（湘君正緩慢的為凡生上妝、穿衣）

海龜：啊，我想起來了，是女媧。

十四、女媧

（海龜念著獨白的同時，湘君將凡生的臉化妝成形、穿上衣服、穿
上高跟鞋、由男成為女）

海龜：我是一隻海龜。我活得比誰都久，早在宇宙之初我就已經存
　　　在。小時候我家隔壁住著一個愛哭的小女孩，她說她叫女
　　　媧，到處都有海龜，但沒有人，她很寂寞，每天哭，雖然她
　　　常常來找我玩，但是畢竟人龜之間，還是差了這個殼。我跟
　　　她說，你就拿一些土，按照自己的樣子捏成跟你一樣的人
　　　吧。她很開心，叫我一起幫她做，我說我沒有手，但我可以
　　　陪她。
　　　天地萬物都造齊了。
　　　她先照她的樣子，捏了一張臉，這張臉還沒有五官。
　　　她照她的樣子，畫了一對眼睛，這對眼睛還沒有表情。

她照她的樣子，描了一對眉毛，這對眉毛還沒有聲音。

她照她的樣子，畫了一個嘴唇，這個嘴唇還沒有笑容。

她照她的樣子，畫了一個鼻子，往她的鼻孔裡吹了一口氣，

有了靈，人就活了，能說話，能行走。

能穿著高跟鞋行走了。

（凡生搖搖擺擺地站起來，湘君離他有一段距離）

湘君：走過來我這邊。直直的，不要歪。

（凡生不太會走）

凡生：欸，腳會痛。

湘君：你才知道。

凡生：不行，我不行。

湘君：眼睛看前面，不要想別的。我跟你講，穿著會走只是基本技
　　　能而已。

凡生：不然進階是怎樣？

湘君：好，現在有個歹徒搶你的皮包，你要來追我。快跑！

凡生：（試圖跑步）這根本在整我。

湘君：好，再來是你到國家公園，突然出現一隻黑熊，你身邊沒有
　　　任何武器，你只能舉起你的鞋子——

凡生：（作勢舉槍）我一槍砰了牠還不容易嗎？

湘君：欸！保育類動物欸！

凡生：在這裡我真的很開心。

湘君：為什麼？

凡生：回去很不自由啊，感覺一直被盯著，責任很多。

（頓）

湘君：這個香水，很女生的香氣，手給我。

（凡生伸手）
（湘君為他點上香水）

凡生：（拿過香水）我沒用過這種的。

湘君：（聞凡生的手）來跳舞吧！

凡生：你會跳舞？

湘君：（對著凡生做了個邀舞動作）

（兩人跳著跳著，凡生不知怎地，突然落淚了，先是帶著禮貌的笑意看著湘君，好像本打算禮貌的先說一句「謝謝」，但終究說不出口，在想要開口的瞬間，凡生落淚了，好像把所有委屈都哭出來一樣哭著，湘君先是輕拍著他的背，然後讓他靠在自己懷裡。湘君撫摸著凡生的頭，輕輕一吻，凡生抬起頭，兩人接吻）

護士：湘君第一次在一個吻中同時嘗到口紅的味道，還有鬍渣輕微的刺感，又想保護他、又想依賴他。
她覺得她不再是自己了。

（湘君讓凡生躺到地上，她跨坐在他身上，熱烈地吻他。）

十五、凡生的故事

凡生：升上五年級以後，我突然不能跟女生一起玩了。

在那之前，我能把頭髮留多長就多長，只跟女生一起玩。四年級升五年級的暑假，會分出男生跟女生那條線。

我不得不加入一些班上的男生團體，他們叫我把頭髮剪短。

我想跟女生玩跳房子、丟沙包，但我已經不是她們的一份子了。

早上升旗的時候，我被叫去排隊，走著走著，自然而然男生排一排，女生排一排，我經過女生那排的時候，覺得這才是屬於我的地方，我想停下來，但是，我還是得往男生那排走，我感覺得到我跟他們很不一樣，我好像不屬於男生這邊，所以我停在兩排之間。

這時候老師瞪著我，然後開始對著我大叫，我呆住了，他抓住我然後繼續吼我。

我沒有不服從的意思，我反而很想融入，他非常生氣，他開始打我。

這時候，校長走下升旗台，過來阻止他，說這是某某某的兒子。

回到位子上我開始哭，但不是因為被打，而是我是某某某的「兒子」。我不知道為什麼沒有人發現我不一樣。

我最後一次想這個問題，是我在初中二年級的最後一天，我代表在校生致詞給畢業生，我們全校都是男生。在那之前同班男生常常來脫我褲子，笑我是兔子、妓女，可是偏偏像我這樣的人又要代表致詞，這是不允許的，那天我非常不想上去，老師叫我一定要上去。

老師一念出我的名字，台下就傳來一些竊笑，把我的名字，加上「小姐」，用我聽得到的音量講出來。我開始致詞，一些人開始學我講話，學我那時候的動作，我會把頭髮塞到耳後，這是我頭髮比較長的時候養成的習慣，我緊張的時候會把兩隻手握在一起，他們不斷模仿這些動作，然後做得更醜，更誇張。

我不知道老師有沒有看見這些，不過他什麼都沒有做，只是叫他們「不要講話」。

之後我就知道，這是最後一次。

我不知道我這樣算是什麼，沒有可以學習的對象、也不知道哪裡有像我這樣的人。

我開始相信我腦中的聲音。

我是個怪胎、變態，我就是不正常。

我這輩子就是這樣了。有你在我覺得很好。

湘君：其實凡生沒有講得那麼多。只是在他們共同度過的幾個晚上，把她聽到的一點一滴的故事拼湊起來，大概知道凡生是這樣長大的、凡生喜歡吃什麼、凡生那時候遇到了什麼事情……然後再拍拍他說「不要擔心、不要難過」，然後因為她接下來的那幾句「我心裡有你」說不出口，只好換成輕輕一吻，落在凡生的臉上、眼上、唇上。

（對著凡生）我心裡有你。

她這句話，終究沒有說出口。

十六、護士與均凡

護士：（均凡趴在護士旁邊或是在她腳上睡覺）每個人都有不能抗
　　　拒的臉。你也不懂為什麼有一些臉你就是特別喜歡，明明也
　　　不是長得特別好看。有的看到小小的眼睛會覺得很親切，笑
　　　的時候鼻子皺起來會讓你覺得溫柔，窄窄的臉讓你覺得你不
　　　能生氣，你會比平常更忍耐、更善良，更千方百計的討好這
　　　個人。
　　　你對這件事一點辦法也沒有，不知道是什麼未知的力量。我
　　　很喜歡你跟凡生的臉喔。

護士：（輕拉均凡的耳朵）起床囉。
均凡：我媽也會這樣叫我起床。
護士：乖女兒。
均凡：我睡了多久？
護士：一下下而已。
均凡：我做了一個夢。
護士：做夢？
均凡：對啊，我做了一個夢，那時候我在明朝。我住在一個古色古
　　　香的大房子，結婚當天才第一次看到我丈夫。欸等等。
護士：怎麼了？
均凡：換我說，你來寫了。（將簿子交給護士）
均凡&護士：湘君遇到一個算命的瞎子，說了他們在明朝前世的故
　　　事。

（演出的版本以下段落為錄音，但不是唯一詮釋的方法）

湘君：我遇到一個算命的老瞎子，他說，我會有大難，會牽連重要
　　　的人死於非命。

凡生：這種江湖術士就是要騙你的，他是不是跟你推銷東西？

湘君：是有推銷東西沒錯但重點是我們有三世情緣，第一世是明朝
　　　的時候，你是一個明朝的才女，叫做吳岑，我是，

凡生：你想想要是人類是投胎轉世輪迴的話，為什麼人口越來越
　　　多？那些多出來的是哪裡來的？

湘君：這我也有問，他說人不會每一世都轉，所以相遇的緣分才特
　　　別珍貴。

凡生：那在輪迴轉世被佛教提出來之前，那些史前時代的人類呢？
　　　不是就不會被算進去了？因為根本找不到文字來描述他
　　　們？不是，我是說你一個女大學生竟然會相信……

湘君：不是，你先聽，他根本不知道你的事，可是你的前世吳岑，
　　　是一個會穿男裝上青樓、想當男人的才女。

（雜音交錯）

籤詩：
「花開結子一半枯，可惜今年汝虛度，
漸漸日落西山去，勸君不用向前途。」

十七、算命──明朝才女

（由湘君、凡生、護士、均凡分別扮演與敘述）
（凡生、均凡飾演吳岑１＆２〔男裝的跟女裝的〕、湘君飾演崔小

（湘）

開場詩：
服妖者，男穿女服，女穿男服，風俗狂慢，變節易度，故有服妖。

吳岑1＆2：小女姓吳名岑，自幼博覽群書、有七步成詩之才。
吳岑1：百鍊鋼成繞指柔，
吳岑2：男兒壯志女兒愁。
吳岑1：今朝併入傷心曲，
吳岑2：一洗人間粉黛仇。
吳岑1＆2：我吳岑，
吳岑1：生長閨門，性耽史書，
吳岑2：自慚巾幗，不愛鉛華。
吳岑1：出身書香門第，遭逢家道中落，
吳岑2：奉父母之命、媒妁之言，
吳岑1＆2：嫁與江南富商楊懷。

（楊懷出現，跟吳岑2攜手並行）

吳岑1：一拜天地，二拜高堂，夫妻交拜。
楊懷：夫妻倆相敬如賓，倒也相安無事。
吳岑1：可惜我夫君自少從商，胸中無半點文墨，幸而有少時往來
　　　　的江南名士、碩彥鴻儒相伴，夫婿倒也還敬重我這幾分興
　　　　趣。
　　　　今日一干文友相約於春風樓飲酒作詩，春風樓的頭牌崔小湘
　　　　不僅精通琴棋書畫，還有七步成詩之才，待我來會上一會，
　　　　偏那春風樓非一般女子能去之所，不妨，便趁夫君不在，巧

扮男子，上那春風樓去囉。

吳岑2：我穿上夫君的衣服，要是有人問起我的姓名，我叫楊懷，
　　　　杭州人士，有錢又有才，意氣風發，英俊年少。

（文友林兄、杜兄與崔小湘）
（吳岑1進場）

林兄：來來，吳ㄘ——

杜兄：是楊兄！楊兄，這邊請。

林兄：楊兄。（眾人行至崔小湘的廂房前）今日崔姑娘立個規矩，
　　　　她出了一道上聯，說要是誰能對出下聯，誰才能進房。

吳岑1：喔？這倒有趣，我來試試。

崔小湘：春暖夏熱秋涼雪愛飛。

（林兄、杜兄跟吳岑1一起苦思）

林兄：這可難倒我了。

杜兄：嗯……天高山遠地闊，然後是？

林兄：不對不對你這沒有溫度，春暖、夏熱啊。

吳岑1：哎，林兄、杜兄，這是怎麼了，兩個鄉試秀才被這區區謎
　　　　題難倒了？今天酒沒喝夠？我來對一個，霜冷露凍霽寒鳳求
　　　　凰。

吳岑2：這有什麼難的？而這兩人猜不出來，是有原因的。我也是
　　　　很後來很後來，才知道。
　　　　她是崔小湘。

崔小湘：公子果然才學極高，不過，小湘並不佩服。

吳岑1：喔？此話怎說？

崔小湘：不過是道字謎，如你能連續解我二十道題，小湘就真的佩
　　　　服公子。

吳岑１：這有何難？出題吧！

崔小湘：公子今日已經解題進房了，這謎題，是一天一道，有字
　　　　謎、有對聯、有對詩作句，很是費神，要是鎮日猜謎，豈
　　　　不耽誤了公子聽小湘唱曲的時間。

吳岑１：姑娘意思是，我得天天上春風樓？這……

崔小湘：不來便罷，猜謎這等雞毛蒜皮的小事，公子日理萬機，無
　　　　需放在心上。

吳岑１：這，我……

崔小湘：況且，能連續猜出二十道實在困難，第一，春風樓總歸是
　　　　個做生意的地方，第二，這謎題非常人可解，公子，這人生
　　　　悠悠──

吳岑１：不過是二十道題，有何困難？

吳岑２：我便與崔小湘立下猜題之約。一連二十日，一開始，還與
　　　　林兄、杜兄結伴前往，後來便是我一個人赴約了，一連十九
　　　　日。

崔小湘：走出深閨人結識，猜一字。

吳岑１：那自是絕代佳人之「佳」了。

崔小湘：半出半進，猜一字。

吳岑１：自是崔姑娘之「崔」了。

崔小湘：《明日歌》，「明日復明日」，下句是？

吳岑１：「明日何其多」。

崔小湘：再來一首，「月子彎彎照九州」，（以下快接）

吳岑１：「幾家歡樂幾家愁」。

崔小湘：「幾家夫妻同羅帳」，

吳岑１：「幾家飄零在外頭」。

崔小湘：「戰士軍前半死生」，

吳岑１：「美人帳下猶歌舞」。

崔小湘：「盈盈一水間」，

吳岑１：「脈脈不得語」。

崔小湘：奴家最喜愛這首，「春江潮水連海平」，（看吳岑１）公
　　　　子竟然不知？

吳岑１：（微笑）請。

崔小湘：（續接）春江潮水連海平，海上明月共潮生，灩灩隨波千
　　　　萬里，何處春江無月明。

吳岑１：張若虛《春江花月夜》，春、江、花、月、夜五景錯落，
　　　　美得淋漓盡致，孤篇壓全唐，如此極品，只有崔姑娘能吟誦
　　　　出它的至美，豈容在下打斷。

崔小湘：想不到公子也是如此油嘴滑舌之人。

吳岑１：（微笑）一片真心，姑娘要信便信，不信便罷。在下輸
　　　　了──

崔小湘：（略急叫喚）公子。（頓，捨不得吳岑１，看著他）還有
　　　　十道題未解呢。

吳岑１：（受寵若驚）崔姑娘？

（接下來在優雅的唱詩聲中，兩人越來越靠近，一同看書賞風景，
散步觀月，對影成雙，無聲勝有聲）

（背景音樂之一，吟詩創造情境：
水調數聲持酒聽，午醉醒來愁未醒。送春春去幾時回？臨晚鏡，傷
流景，往事後期空記省。沙上並禽池上暝，雲破月來花弄影。重重
簾幕密遮燈，風不定，人初靜，明日落紅應滿徑。〔張先，〈天仙
子〉〕

明月如霜，好風如水，清景無限。曲港跳魚，圓荷瀉露，寂寞無人見。〔蘇軾，〈永遇樂〉〕〕

崔小湘：能持續到這步的你是第一個。

吳岑 1：當真？

崔小湘：多半很快就厭煩了，新進的姑娘、新編的小曲，花樣可多了，誰還來作詩猜字？弄得像上學堂似的，可把人悶壞了。

吳岑 1：我不悶哪。

崔小湘：（頓）那是公子有情有義了。

（頓）

崔小湘：這最後一道題嘛……

吳岑 1：怎麼？

崔小湘：不是詩文也不是對聯，先給公子個提示，它是全天下最容易回答，卻也最不易回答的問題。

吳岑 1：這個謎面是……

崔小湘：公子雖為男子，卻有著女孩兒的細膩心思，您難道猜不出嗎？

（頓）

吳岑 1：楊懷有拙詩一首，要贈與姑娘。

崔小湘：喔，詩呢？

吳岑 1：姑娘明日便知。

吳岑 2：崔小湘淡淡一笑，沒有再說一句話。一直到最後一日。

（楊懷上場）

楊懷：今天又要出去啊？

吳岑2：是啊，你不是要去王善人家坐坐？

楊懷：嗯，近來身子發懶，又怕冷，不去了。

吳岑2：找個大夫來抓藥吧。

楊懷：沒事，多歇會兒就好。陪我到花園走走吧。

吳岑2：現在？

楊懷：不方便嗎？

吳岑2：嗯……不會。

吳岑1：雖然心中掛念著崔小湘、掛念著什麼才是「最容易回答，
　　　　也最不易回答」的謎題，但若不陪伴夫君，也說不過去，到
　　　　底什麼才是最容易回答，也最不易……

楊懷：怎麼了？

吳岑2：什麼？

楊懷：剛剛叫你好幾聲你都沒聽見。

吳岑2：我，我看花看得走神了。

（頓）

楊懷：你嫁來我楊家只怕不開心吧。

吳岑2：怎麼突然說起這個來了？男大當婚，女大當嫁，哪有什麼
　　　　開不開心。

楊懷：你看我只會打打算盤、記記帳，你應該也覺得不知跟我說什
　　　　麼才好吧？

吳岑2：夫君多想了。

楊懷：不過，我覺得爹娘給我挑了一門好親事呢。

吳岑2：我一不會做飯、二不會繡花，哪裡好了？

楊懷：我也不曉得，拜堂的時候就覺得，挺好的。

（頓）銀兩還夠嗎？

吳岑2：銀兩？

楊懷：娘子上春風樓玩兒雖然也不是什麼大錢，但也是不能拿不出手，給人家看扁了。

吳岑2：謝過夫君。既然這樣，有一事相求，春風樓頭牌崔小湘知書達禮，看她可憐，不如咱們把她贖出來吧？

楊懷：春風樓頭牌？這贖金只怕皇親國戚才付得起吧，贖了然後呢？

吳岑2：不如你納她作妾吧？

楊懷：作妾？（咳嗽）

吳岑2：風變大了，夫君趕緊進屋內休息吧。

楊懷：嗯嗯。

吳岑2：今日我們都別出門了，我幫你叫大夫。

（吳岑2扶著楊懷）

吳岑1&歌隊：

珊珊瑣骨，似碧城仙侶，一笑相逢澹忘語。鎮拈花、倚竹翠袖生寒；空谷裡，想見個儂幽緒。蘭釭低照影，賭酒評詩，便唱江南斷腸句。一樣掃眉才，偏我清狂，要消受、玉人心許。正漠漠煙波五湖春，待買個紅船，載卿同去。（吳藻，〈洞仙歌〉）

（吳岑1一邊念著詩，一邊跟崔小湘漫步花園）
（吳岑2扶著楊懷）

吳岑1：那天，楊懷急病，死了。

吳岑2：後來我才知道，在春風樓林兄、杜兄是受楊懷之託，故意輸給我的。

吳岑1：我的文采機智竟能勝過秀才，這於我比什麼都開心。

（文友與楊懷作揖，楊懷拿銀兩給林兄、杜兄二人）

吳岑2：你只是他們哄著開心的嗎？

吳岑1：此時，楊懷的弟弟來找我。

楊懷家人A：嫂子，大哥白手起家，終日勞碌，人各有命，切莫過度悲痛，對此我們同感悲痛。全家上下都很擔心嫂子，往後自己一人住冰冷的大宅院，無人陪伴，思念成疾，大哥會跟楊家列祖列宗一樣進成英寺，成英寺附近的尼姑庵，嫂子如不介意——

吳岑2：搬到尼姑庵嗎？

楊懷家人B：說是尼姑庵，但其實住的都是喪夫的女眷，不怕沒有人陪，再說——

吳岑2：我非得去嗎？

楊懷家人A：咱們也是為了嫂子好，之後我們家搬來這裡，嫂子一個女人家住著，只怕會被說閒話。

楊懷家人B：當然，還是大嫂決定，若住慣了這，也沒什麼不好。

吳岑1：沒來個楊懷擋著，我就什麼都不是了，什麼女秀才、女狀元，什麼都不是了。

吳岑2：守靈到頭七，守完，再去成英寺守喪，之後定居尼姑庵。

楊懷家人A：嫂子有任何需要，只要吩咐一聲就行了。

吳岑1：頭七當晚，有人來訪。

（崔小湘上場，經過吳岑1）

崔小湘：打擾了，請問……

吳岑2：（頓）請問有什麼事嗎？

吳岑1：是崔姑娘！

崔小湘：我是春風樓的崔小湘。

吳岑1：崔姑娘。

崔小湘：想必您就是楊夫人了吧。

吳岑2：……是的。

崔小湘：楊爺有給我看過您的詩文，果然是才女。

吳岑1：她沒有把我認出來。

崔小湘：或許您聽到春風樓三字會有所誤會，但楊爺生前十分君
　　　　子，與小湘清清白白，以文會友，連解十九道謎題，而這最
　　　　後一道，怕世上無人再能解開了。

吳岑1：是什麼呢？

吳岑2：大丈夫本就三妻四妾，吃這種飛醋反倒顯得我心眼小了。

崔小湘：不知楊夫人可否讓我為楊爺上一支香？

吳岑2：當然，這邊請。

吳岑1：崔小湘跟著我進到內室，跪下，行了丈夫離世才用上的大
　　　　禮，然後便長跪不起。

（崔小湘對著楊懷行禮）

吳岑1：我走到穿堂，隱約能聽見裡面傳來低微的哭聲。

吳岑2：崔姑娘，你覺得楊爺怎麼樣？

崔小湘：楊爺文采過人，心地淳厚，從不以小湘的出身為恥。

吳岑1：真正的楊爺，的確也是心地淳厚，從不以任何人為恥。

吳岑2：楊爺本來還想幫你贖身。

崔小湘：小湘在此謝過了，若有來生，願用一生報答楊爺的恩情。

吳岑2：既然你二人對彼此有情有義，今晚就由崔姑娘來替楊爺守靈吧。

崔小湘：楊夫人通達事理，不愧有賢妻美名，小湘在此謝過。

（吳岑1＆2退出靈堂，崔小湘持續對著楊懷跪拜，直到睡著）

（吳岑1＆2沉默一陣，看著彼此）

吳岑1：你想知道最後一個答案是什麼嗎？

吳岑2：我想，我已經知道了。

吳岑1：她沒有認出我。

吳岑2：雖然我們是同一個人，但又完全不一樣，連我都認不出自己，更何況是她。你認得出自己嗎？

吳岑1：哪一個比較像自己呢。

吳岑2：這個嘛……

吳岑1：讓我穿上楊懷的衣服、做楊懷的打扮，再當一次楊懷吧！

（吳岑1走到崔小湘身邊，楊懷跟吳岑1共同將跪著的小湘牽起）

崔小湘：楊公子？

吳岑1＆楊懷：是我。（崔小湘擁抱吳岑1）

崔小湘：你是鬼魂嗎？

吳岑1：是的，無法久待。

崔小湘：你好不像鬼魂。

吳岑1：你看過鬼魂啊？

崔小湘：沒。

吳岑 1：（自嘲又悲傷）我一直都是鬼魂，不曾存在這個世上。現在的楊懷是鬼魂，過去的楊懷也未必真實存在。如果我的名字不叫做楊懷，你還會想知道最後一道謎題的答案嗎？

崔小湘：楊公子的意思是？

吳岑 1：你出了這麼多道謎題，讓我問你一題吧。

崔小湘：什麼？

吳岑 1：我是誰？

崔小湘：你是……你不是楊懷，我也不是崔小湘。在這裡，你是丈夫，我是妻子。

（吳岑 1 擁抱崔小湘）

吳岑 1：來生會再見的。

崔小湘：會嗎？

吳岑 1：會的。

崔小湘：（看著吳岑 1）如果來生可以不再是無法決定自己命運的女子，或者，成為一個能決定自己命運的女子。

（吳岑 2 將吳岑 1、崔小湘的衣服褪下，吳岑 1 親吻崔小湘，撫摸彼此的頭、臉、手、身，崔小湘將一件外衣褪下）
（燈暗，黑暗中）

說書：一夜夫妻百日恩，過了這個晚上，楊懷入了成英寺，吳岑前往尼姑庵，這是她最好的出路。楊家無法繼續供養她昂貴的消遣，每天聚集文友吟詩作樂的花費。

說書：吳岑在庵中寫了一首詩詞，紀念她的死去的丈夫。此後青燈古佛，二十年後，安詳過世。

均凡：十個月後，傳來崔小湘生子的消息，孩子姓「吳」。並沒有人知道孩子的父親是誰，也不會有人去問。畢竟春風樓的孩子都是認母親不認父親的。

護士：之後崔小湘被一個富商贖身，當他的小妾，平靜過完了一生。

（均凡穿著明朝的衣服，仍保持在明朝的身段）

護士：（在均凡旁邊叫她）均凡。均凡。凡生。吳岑。

（均凡突然有反應）

均凡：這就是我做的夢。我說完了。

護士：不對，這是我跟你說的故事。

均凡：這是我做的夢。

護士：因為我跟你說的故事你才會做這個夢，日有所思夜有所夢。

均凡：這是我的夢啊，我能感覺到崔小湘跟吳岑那一晚，崔小湘一定認出吳岑了。她看著吳岑，看著我，我從她的眼神中知道，她知道我是誰。

護士：沒錯，是因為我跟你說了，崔小湘擁抱吳岑的那一瞬間，她知道了，所以她沒有回答吳岑問「我是誰」這個問題，因為她知道吳岑就是楊懷楊懷就是吳岑。

均凡：對就是我夢到了湘君跟凡生說，吳岑就是凡生，凡生就是吳岑，所以算命的才會說他們在明朝有一段前世因緣。

護士：是我先跟你說了凡生湘君有前世未完的因緣，所以你才會夢到湘君相信算命的說這是前世未完的因緣。

均凡：對所以我才會夢到凡生不相信這是前世未完的因緣，就算他、

我覺得明朝的故事讓他感覺到什麼，但他不相信那個感覺，
　　所以他不相信算命說什麼前世未完的因緣。

護士：對就是在我的故事裡面凡生不願意相信前世未完的因緣，因
　　　為他不想覺得自己穿女裝需要有原因不然他會覺得自己很
　　　可憐。

均凡：（頓）這一點倒是沒有在我的夢裡面。那這一段應該是你的
　　　故事吧。

護士：然後，在這個故事裡面，湘君跟凡生說完算命告訴她的事
　　　情，就準備要回台灣了，凡生就算不相信，他心裡也是開心
　　　的，他覺得湘君跟他說了他們在明朝的故事，表示了很多意
　　　思。緣分本來就是從沒有到有的。

均凡：然後，在我的夢裡面……

護士：他們也……要回台灣了嗎？

均凡：（翻著她手上的本子，看著）不要回去比較好喔。

護士：（抽走均凡的本子，看著）做夢就是，只能看著啊。

十八、回台途中

（車上）

湘君：之後崔小湘被一個富商贖身，當他的小妾，平靜過完了一生。

凡生：喔，挺，挺淒美的。

湘君：就這麼點反應？

凡生：算命的說我上一世是個扮男裝的才女？

湘君：你不覺得很巧嗎？

凡生：她是不是識破我的扮裝了？她是不是知道我是誰？

湘君：不會吧？不然我們不是早就被抓起來了嗎？

凡生：還是她在諷刺我。

湘君：不就很順利嗎，你也弄到糧票了不是嗎？

凡生：是啊。（拍拍口袋）找潛伏在這裡的同胞拿糧票，拿回去交差。

湘君：特務還有這樣的？

凡生：沒辦法，你也知道沿海搞破壞沒啥卵用，你以為攔截個幾把槍弄得倒老共啊？讓自己更有風險而已，上面的一直要成果，拿點東西回去，讓蔣總統開心開心，他一開心，大家就開心。

（頓）

湘君：那個盲眼的太太告訴我兩件事，我們過去是怎樣，未來又會怎樣。

凡生：那未來又會怎樣？

湘君：說照此來看，你會有個劫難，但是她可以化解。

凡生：怎麼化解？

湘君：就說不可再跟你見面。我們之間的緣分要到下輩子，她說，緣定三生，這並不只是一句成語，是因為有些緣分要到未來才能實現，前面兩輩子是在為第三生的緣分努力。

凡生：所以那個算命的要多少錢？

湘君：不多啦。

凡生：多少？

（湘君附耳在凡生耳邊）

凡生：你被騙錢了。

湘君：但你看她講了這麼多，就當看場電影嘛。

凡生：這比看電影貴了不知幾百倍欸！

湘君：最近有什麼電影想看的嗎？

凡生：在台灣，應該不會再見面了吧。

湘君：為什麼？

凡生：那個算命不是說不要再見了嗎？

湘君：你相信啊？

凡生：因為，你跟你男朋友真的在搞黨外運動吧？（頓）我會假裝
　　　沒看到的。

湘君：自由了以後你想穿什麼就穿什麼，想講什麼就講什麼，我們
　　　夥伴，都在為了人的價值奮鬥著。

凡生：我可以保護自己，還有身邊的人。

湘君：可是你會用傷害別人的方式保護你想要的東西不是嗎？

凡生：我們每個階段維護的東西不一樣。

湘君：哎，好吧，我不會說你錯，因為我認識了你。

（頓）

凡生：到了。就不送你下去了，以免被人看見。

湘君：嗯，你自己小心。

凡生：蔣總統明天應該會請我吃晚宴，就不聯絡了。

（兩人牽了牽手，湘君離開）

均凡：他們不知道的是，這一切旁邊有人在看著。

十九、夥伴爭執

（湘君家中，一群人在等著湘君，包括俊良）

湘君：你們，怎麼都在？

俊良：你去哪裡？

湘君：我，出發前有跟你說啊，我去探望外婆，住個三天一個禮
　　　拜……

俊良：你根本就沒有去找你外婆。

湘君：你在說什麼？

俊良：我去找你外婆了，你不在。

湘君：你跑去屏東？

俊良：你說謊在先吧，你說說你去哪裡了？

夥伴1：湘君，為了夥伴的安全，你要跟我們說，你跟誰出去，去
　　　　做什麼。

湘君：我……一開始先去探望外婆，後來就跟以前的同學去玩了，
　　　很久沒見了，想說不是什麼大事不用特別交代吧？

夥伴2：直說好了，我看到你跟那個警察一起出門，就再也沒回來
　　　　過了。

夥伴1：那個警察跟我們跟很緊，你們出去做什麼了？

俊良：他是不是看上你了？

湘君：什麼警察，就找我問個話，我就直接回屏東了……

夥伴1：真的嗎？

俊良：他找你問什麼話？

湘君：就，跟之前一樣啊，時不時都會來問一下的不是嗎？

俊良：怎麼他就特別愛找你問話？

夥伴2：不然這樣好了，下次他找你去的時候，你拿著這個錄音機，讓我們知道你們聊什麼。

湘君：警察問話不都一樣嗎？我下次別去就行啦，誰知道他要幹嘛。

夥伴2：（拿出照片，但沒有拿給湘君看）照片上看起來有說有笑的，不止問話這麼簡單吧？

湘君：照片——你——

夥伴2：不止問話這麼簡單吧？

（湘君沉默）

夥伴2：不說話就表示我們擔心的是真的了？

（頓）

夥伴1：物證都有了，還證明了你一直護著他，我可以請問為什麼嗎？你們做了什麼交易？你有說出我們其他人嗎？

湘君：反正我沒有出賣任何人。

夥伴1：你知道我們最近在幫郭先生輔選，我們這樣祕密行動，隨隨便便被扣上搞破壞這幾個罪名，你自己就算了，不怕會連累到我們嗎？

俊良：他威脅你了？他占你便宜嗎？

夥伴2：我覺得就算她解釋了我還是無法相信，感覺隨時會被出賣，你看她剛剛不是一直說謊嗎？就乾脆直接把她退了。

夥伴1：兩位先冷靜。湘君。

湘君：我沒有背叛你們，是跟政治完全無關的事情。

（頓，沉默）

俊良：我相信你，但你要講清楚，就當用我們過去的感情在拜託你。
湘君：不可能。

（三個人看著她）

夥伴1：先把她關到房間去吧，萬一她出去通風報信就糟了。

（俊良伸手抓住湘君）

湘君：好，我說，你們可能不會相信，但這真的跟，跟你們懷疑的
　　　那些事情完全無關，（拿出照片）你們答應我絕對不能說出
　　　去。
夥伴1：（看著照片）這是？
湘君：就是，那個警察。
夥伴2：什麼？
俊良：原來是這種癖好。
湘君：（急切的）對啊我就是無意中發現他這個祕密，他也是辛苦
　　　人，你們不也是希望每個國民都能活出自己的樣子嗎？
夥伴2：這有什麼不能告訴我們的？
湘君：總是人家私事吧，我也是覺得挺有趣就幫了個忙，立場上還
　　　是會防著他。
夥伴1：就扣著這個照片吧，要是他抓我們的人就拿這個照片去威
　　　脅他。

（俊良收下照片）

湘君：何必這樣，你們不覺得我們可以把他拉過來當盟友嗎？他一
　　　定會比其他人更明白自由的可貴——

俊良：他害死多少人，跟他當盟友？

湘君：可是他是——

夥伴1：位高權重者都有怪癖，因為他們的思想都很扭曲，不能跟
　　　真正受到壓迫的人混為一談。別擔心，不到最後不會用這張
　　　照片，畢竟他現在當你是朋友，對我們來說還滿有利的。

夥伴2：我們會說是從你這邊搜出來的，以免他轉頭對付你。

（頓）

湘君：那你的照片……

夥伴2：喔這個啊，（掏出）騙你的，這是我全家福的照片。你心
　　　虛你就自己招了，幸好沒什麼大事。

（夥伴1＆2下場）

俊良：（拍拍湘君）錯怪你了，沒事，晚上好好吃一頓。

（湘君沒有說話）

俊良：怎麼了？

湘君：照片還我。

俊良：（沒給湘君）你別操心了，交給我們。（俊良靠近湘君，湘
　　　君擁抱他，俊良親吻湘君）

（湘君一邊跟俊良親吻，一邊伸手去拿照片）

（俊良感覺到湘君在拿照片，一把將她推開，舉起相片）

俊良：你就一心向著他？

湘君：什麼啊這本來就我的東西。

俊良：你這麼想幫他？

湘君：他也算是幫了我們，我跟他交換條件，他放你們出來，我帶
　　　他去買化妝品。

俊良：他還滿相信你的？

湘君：可能吧。

俊良：不然這樣，你繼續假裝跟他當朋友，我們就會知道警察的情
　　　報。

湘君：我沒辦法。

俊良：為什麼？

（頓）

湘君：我不想騙人。

俊良：他不能算是個人吧，那麼多人被他關進牢裡。

（頓）

俊良：（抓住湘君）你好像還滿關心他的。

湘君：你不關心我吧，要是他發現消息從我這邊出去的，我會很慘。

俊良：只是因為這樣嗎？

湘君：對。

俊良：那留著這個內線交情也沒什麼意義，他跟你交朋友也不是想

　　　　反抗國民黨，只是你剛好可以幫他挑化妝品。

湘君：是啊就只是這樣而已，不然你們怎麼會被放出來。

俊良：那我去揭發他也可以吧。

（頓）

俊良：早就很多人看他們家不爽，大家應該很好奇他為什麼要穿成
　　　這樣，又不讓別人知道。

湘君：就只是一個興趣而已。

俊良：你怎麼知道，你們很熟？

湘君：也沒有。

俊良：他有什麼不可告人的目的吧？難道他是共產黨？

湘君：他不是共產黨！

（頓）

湘君：間諜穿這樣會更引人注意吧。

俊良：（頓）他的目的是你。他故意要瓦解你的戒心。

湘君：你也把我想得太笨了吧。

俊良：你當然不笨，你那麼聰明卻做出蠢事那就代表了你對他——
　　　（將照片拿出來，舉在湘君面前）我一直很相信你。大家都
　　　很相信你。（頓）但你再多說一句話，再多解釋什麼，我可
　　　能，我（痛苦壓抑），我可以相信你嗎，許湘君？

（湘君看著照片跟俊良，慢慢伸出手，停住，手往上，理了理頭髮）

俊良：謝謝你。

（俊良將照片握在手中，走到舞台一旁）

護士：他們整個晚上都沒有再說一句話，第二天，他將照片寄到警
　　　局，匿名檢舉了凡生是共產黨。
特務：袁凡生，上面的請你去喝茶。
　　　走吧。

廿、訊問到最後

（湘君跟凡生坐在偵訊室，分開，看不到凡生，被人擋住了）

特務１：不好意思，有幾件事想請教你，只是想請你合作釐清一些
　　　　事情，你有遇到一個算命的是嗎？
湘君：是。
特務１：那天的中餐是吃什麼？
湘君：我不記得了。
特務１：是吃飯吧？
湘君：嗯，應該是。
特務１：那天有遇到什麼人嗎？
特務１：你跟袁先生是什麼關係？
湘君：朋友，（頓）為何一直問袁先生的事情？怎麼了嗎？
特務１：沒事，還能有什麼事，大家都老同事了。所以你們喬裝打
　　　　扮之後有跟任何人接觸嗎？
湘君：沒有。

特務 1：你是共產黨嗎？

湘君：不是。

特務 1：你知道你被利用來跟共產黨接觸了嗎？

湘君：接觸？

特務 1：這些東西你認得嗎？（拿出凡生的女裝照）

湘君：認得。

特務 1：從袁先生家裡搜出來的。

湘君：他本來就有這個興趣，跟共產黨沒關係。

特務 1：我還沒問你跟共產黨有沒有關，你怎麼就回答了？那不就
　　　　是心虛嗎？

（湘君沉默）

特務 1：你怎麼知道他有這種興趣？

湘君：我親眼看到他穿著內衣，他也跟我說了。

特務 1：你怎麼知道他不是騙你？你怎麼知道他不是演一場戲給
　　　　你看？真的這種的怎麼可能娶老婆？老婆還這麼多年沒發
　　　　現？

湘君：我不知道，但那不是演戲，只是單純的去做一件他想做的事
　　　　而已。

特務 1：他在台灣才是在演戲是嗎？

湘君：對。

（沉默）

特務 1：好，謝謝你。

（湘君走出去偵訊室，跟由特務架著的凡生擦身而過，沒有看見彼此）

（湘君站著，黑暗的偵訊室中傳來毆打的聲音和凡生痛苦的慘叫，觀眾看不到只聽到聲音）

特務2：你承不承認！演這一齣啊，你這變態也能當這個職務?! 你下面的人都丟臉死了，一個娘們來管他們！哇操！你是共產黨還是臭娘們？說！

特務1：終於逮到機會查你了，我就不相信你像表面上那樣清清白白！

特務2：給他背寶劍，灌辣椒水！

（凡生被揍）

（湘君繼續走著）

特務1：有個人來台灣幹情報的，跑去清泉崗機場附近工作，她怎麼傳遞消息的？藏在內褲裡面。

特務2：賤貨！

特務1：女人容易讓人失去防備。

特務2：踏馬的！

特務1：可以解釋一下你打扮成這樣有什麼目的嗎？癖好？

特務2：他說他沒有這種癖好。

特務1：不是癖好，那就奇怪了，莫非有什麼特殊目的嗎？

特務2：伏地挺身預備──仰臥起坐預備──一，二，一，二……（持續）

特務1：只好招待一下局長了。不好意思這些老招都是局長的發明，我們沒有什麼新意，幸好有您在前面帶領著我們，您是我們

的榜樣。

特務2：一，二，一，二，不准停，再來一遍，上板凳。

特務1：不錯嘛，感謝你爸媽把你生得好手好腳我們繩子才有地方
　　　綁。

特務2：預備，跳！（頓）跳！（頓）跳！（持續）

特務1：我們知道你是冤枉的，那個女人說你在台灣都在演戲！

湘君：他不是！他什麼都沒做！

特務2：上菜喔！螞蟻上樹！竹筍炒肉絲！夾肉餅！上面的請吃冰
　　　喔！上冰塊！不用客氣喔！（持續穿插口令）

特務1：你跑到上海穿成那樣，沒有別的目的，我們相信，別人要
　　　怎麼相信！相信你不是間諜只是心理變態！

特務2：局長為了藏情報，連面子都不要了！

湘君：他不是間諜！

特務1：那他就是變態！（特務2：打！）

湘君：好！他是變態！

凡生：（怒喊）許湘君！

（湘君愣住）

特務 2：他暈過去了！潑水！潑！

特務1：（對湘君）你行為不檢點，誰知道什麼時候背叛你的國家？
　　　要是誰讓你做個變性手術來收買你，你不就像狗一樣去了？
　　　荒謬！這局長，我來當！我愛國！

凡生：我是共產黨！

（燈光集中在湘君）

湘君：（輕輕的）他是共產黨。

（湘君在場上，眾人在場上穿梭，大家穿著不同年代的衣服，猶如不同世的時空並置在一起，必要時可找臨演。湘君與凡生深深的看對方一眼，然後經過彼此。不同時代的「服妖」，通通在場上現身）

護士：凡生瘋了。

　　　他被送進這家療養院。他在等我，等過了幾十年，這一切都變得不一樣。我死了，又轉世了，可以再一次到他身邊去。他死前，等著見我一面，

護士：在他死去的那年，你出生了。

廿一、現世：相信什麼？

護士：你寫了些什麼？

均凡：「有一天均凡來到了療養院，一個護士跟她說了她前世今生的故事，最後護士跟均凡說，」

均凡＆護士：「你是凡生，我是湘君。」

護士：你已經知道我要說什麼了。

均凡：我知道。我知道我做了什麼夢，也知道接下來的故事。

　　　「護士跟均凡說，（兩人同時）『我們可以繼續前世未完的緣分，讓我彌補我的過錯。』」

　　　均凡覺得自己跟護士好像很久以前就認識了，但她並不覺得

有什麼需要彌補的地方。護士說，（兩人同時）『留下來跟我一起生活吧。』均凡沒有回答。但說到底，如果因為前世的一些緣分而有了什麼決定，是真的好好面對眼前這個人的今生嗎？講故事本來就會拉近彼此的距離，人跟人本來就是透過分享故事靠近，有了突然之間理解對方的錯覺。但最令均凡在意的是那把槍，那把槍不知為何跑到她手中了。」（護士將槍放到均凡手上）

護士：你都知道會發生什麼了？

均凡：「護士這樣問均凡，均凡不知如何回答，她想，這是她的夢，她的故事，還是她在故事裡面做夢？『你愛我嗎？』護士問。」（均凡對護士）我想我愛你。

護士：真的？為什麼？

均凡：因為我們彼此說了超過我跟其他人所說過的話。她們牽手。

（兩人手牽手，充滿希望，看著天空越來越亮）

護士：我也愛你。

均凡：「不要，均凡希望她不要說這句話，因為這句話一說完，就有兩個醫院的工作人員要進來了。」

（兩個護士進門）

護士1：又跑到這邊了。

護士2：回房間囉，該吃藥囉。

護士：你們怎麼跑出來了？

護士1：（對均凡）不好意思，她是我們院裡的病人。

均凡：「她知道這兩個工作人員會告訴她護士是病人。就如同所有

故事到最後會出現的考驗。」

護士1：小姐，請問你在說什麼？

護士：她在寫東西，她能寫了你不要煩她。

護士2：好啦，先處理這個，她一定又在講國民黨特務的事了。

護士1：前幾年死的那個，她朋友，凡什麼。

護士2：是滿可憐的，黨國統治下出來的，有一點風吹草動就怕，沒瘋的也都嚇瘋了。想到這我血管又開始有點堵塞了……

均凡：「眼前看似正常的人，會開始做一些解釋，試圖要博取均凡的信任，但對均凡來說，她要面對的應該是她想相信什麼。」

護士1：好囉大姐，跟我們走，你乖一點就買紅茶給你喝喔。

護士：放開我！

護士2：她不是喜歡喝紅茶那個吧？

護士1：不是嗎？大姐，你喜歡喝紅茶嗎？

護士：你們不能抓我，她不會讓你們把我帶走的。

護士2：好好好，我們不抓，大姐要乖乖配合……

均凡：「均凡舉起手上的槍，放開她。」

護士1：小姐，放輕鬆，我們是來幫忙的。

護士2：（對護士1）那是玩具槍。

均凡：「均凡拿槍指著工作人員，工作人員不相信這是真槍，也不相信護士的故事。」我相信這是真槍，也相信護士的故事！

護士2：欸，這個小姐是不是下午有人來找？

護士1：你說家人來找那個？在山裡走丟的？好像就是她。

均凡：我要開槍！

護士1：哈哈，開槍？

均凡：倒數，三，

護士2：小姐，那是玩具槍。

均凡：二，

（護士1＆2互看，不當一回事）

均凡：一。
護士：過了這麼多年，它終於發射了。

（燈立刻暗）
（一片沉默，一聲轟然槍響）

說書：人一生中，平均做十萬個夢，花在做夢的時間累計超過六
　　　年。
　　　有一個人，他會一直做夢，做很長的夢，他在夢裡的時間越
　　　來越長，他待在夢裡的時間，漸漸比現實的時間還長了，越
　　　來越長，如果夢變得比現實還要長，那會怎麼樣？
　　　先是夢到一天，再夢到兩天，再夢到一個月，然後夢到上輩
　　　子，上上輩子，這一輩子，最後，他夢到了永遠。

——全劇終——

《服妖之鑑》演出資料

演出團隊：耳東劇團

編劇：簡莉穎

導演：許哲彬

演員：Fa、王世緯、王安琪、崔台鎬、張念慈、謝盈萱

藝術總監：陳鎮川

製作人：陳汗青

執行製作：陳昱君

劇團經理：陳曉潔

舞台監督：張仲平

舞監助理：林佳蓉

導演助理：盧琳

燈光設計：筆谷亮也

燈光技術指導：劉柏欣

舞台設計：李柏霖

舞台技術指導：蘇俊學

服裝設計：李育昇

服裝助理：謝東霖

音樂暨音效設計：柯智豪

音響技術：顏行揚

動態與動作設計：李羿璇（青青）

梳化妝設計：謝夢遷

平面設計：顏伯駿

首演

演出時間：2016 年 6 月 3 日─19 日

演出地點：公館水源劇場

加演

演出時間：2017 年 10 月 20 日─29 日

演出地點：台灣戲曲中心

《服妖之鑑》創作起源

我曾經在表演藝術評論台討論過《服妖之鑑》這部戲*，是從《後漢書·五行志》的服妖之說、明清女性作家的「擬男」戲曲得到靈感，並與《春眠》（2012）、《叛徒馬密可能的回憶錄》（2017）同樣透過「說書」的手法，使得劇中角色得以「剪接」時空，從台灣的現代穿越至國民政府的白色恐怖時期，再到明朝。

如何運用台灣元素一直是我念茲在茲的事，陸陸續續讀了很多台灣史、台灣的紀錄、當時的音樂、生活細節等等，要如何讓它們不只是史，而可以跟當代的觀念呼應，形塑具有當代性的角色；讓歷史背景好玩，真的發生作用，而不只是介紹，是我每次都給自己設下的挑戰。感謝戲曲傳統，使得這齣揉雜反串扮裝、性別倒錯與國家暴力的戲劇有了可踩的地基。同時，也因為謝盈萱反串的威力，使我構思出了一個「渴望穿女裝的警察」。為增強角色扮裝慾望的阻

---

*表演藝術評論台「講座記錄」：〈跨越與同體——從《服妖之鑑》談起〉
（http://pareviews.ncafroc.org.tw/?p=21978）。

力，我選擇將時代設定為台灣的白色恐怖時期。最後，英國合拍劇團的《春琴抄》、電影《東京小屋的回憶》的啟發，則讓我一開始就確定是從孫子的觀點出發，構成這齣三生三世的服妖浪漫奇譚。

說是使命感之類的也好，我認為唯有讓台灣的過去成為成功的大眾文本，形成台灣人的記憶，過去才會真正存在。畢竟台灣的文化，如果我們自己不談，也沒有人會去談了。

服妖之鑑

遙遠的東方有一群鬼

舞台場景：

　　以空台為基底。

劇中人物：

　　母親　　　　梅君

　　兒子　　　　睦久

　　養子　　　　康平

　　養子的妻子　昭君

序

————字幕————

「媽，我不是平常的病，我腦子壞了」

「可憐的孩子，怎麼會得這種怪病」

「父親的罪報應到兒女身上」

「媽，給我太陽、太陽」

「放蕩成性的父親，

受社會壓力而隱忍的母親。

父親過世後，母親將生活重心放在地方的育幼院，

在外地學藝術的兒子回鄉，以為未來將過著幸福平靜的人生。

不幸的是，父親的淫行報應在兒子身上，

兒子得了梅毒，導致最終的發瘋。」

————摘自亨利・易卜生《群鬼》

————字幕————

「結局」

梅君：你生病了，都是你爸爸的關係。（頓）好可憐，讓我親親你，
　　　你好好睡一覺。

睡久：好。

梅君：我放音樂給你聽好嗎？

睡久：沒關係有聲音我睡不著。

（母親放了一首歌）

（歌聲漸漸變得吵雜）

（兒子起身殺了母親）

——字幕——

母親王梅君要養子王康平夫婦回家，

說兒子趙睦久生病了，

要他們回家看看他。

一、回家

（康平與昭君提著東西一起走到門口，手機音樂響起）

康平：我還是去找停車位好了，停黃線還是覺得不太安心，欸你手
　　　機？

昭君：你媽。

康平：你接啊。

昭君：都說快到了還一直打。

康平：那你轉靜音嘛，我去停車。

昭君：天啊又要聽到一堆抱怨了。

康平：（轉身）不會啦，就交給我，回來幾天而已，順著媽的話講，
　　　說她好辛苦、給她呼呼就好了。

昭君：待幾天我就覺得煩，你哥怎麼受得了。

康平：他自己要回家住的啊。他們有他們的相處之道嘛。

昭君：跟你媽住誰都會生病吧。

康平：你以為我哥就好相處啊？這次重點是順便去育幼院談生意

嘛。院長要跟我訂維他命 C，他本來說先訂半年我看能不能談到一年——

昭君：你可不可以不要重複講一樣的話。

康平：好好好，我去停車，你先拿菜給媽。

（康平離去）
（昭君站在門外）

——字幕——
昭君的手機螢幕顯示「趙睦久」。

——字幕——
趙家廚房燉著梅君準備的中藥。

（餐桌上放著一堆零食，睦久被掛電話，又打了一次。一邊走到餐桌處，拿了好幾包零食走回房間，邊吃邊走，走到中途，折返把一半零食放回去）

睦久：喂，二手車行嗎，我有一輛二手車要賣，可以派人來估價嗎？地址是……好我等等傳給你。

（梅君上場，將爐火關掉）

梅君：（打內線電話，但沒接，掛掉，大喊）趙睦久，下來吃藥！
　　　（一邊將中藥倒進碗中，拿青菜出來切）你幹嘛不接內線？你在睡覺嗎？趙睦久！

（頓，沒有回應）
（昭君提著一袋紅蘿蔔跟地瓜進）

昭君：媽，這個。（遞給梅君）

梅君：好欸，我要做紅蘿蔔地瓜煎餅，睏久都不吃維他命A，也不
　　　吃胡蘿蔔，要把東西弄到看不出原本的形狀，還要把紅蘿蔔
　　　的味道蓋掉，他才要吃。

昭君：他這麼挑食？

梅君：康平呢？這是在我說的那個市場買的吧？有報我的名字吧，
　　　你說你幫王梅君買，老闆就會多送，咦你氣色不錯啊，（看
　　　到昭君戴耳環）你以前就有耳洞嗎？

昭君：有啊只是很少戴，康平說明天參加育幼院的表揚大會要穿正
　　　式一點，所以就——

梅君：喔那個活動我們都不會去。

昭君：喔好。

梅君：照顧他真的很辛苦，一下這個不吃、那個不吃，最近他竟然
　　　說他要吃素。

昭君：喔。那就讓他吃素嗎？

梅君：他就是在找碴，沒事幹嘛吃素？

昭君：可能他有這個需要吧。

梅君：一個家誰煮飯，就要照她的飲食習慣。

昭君：（頓）媽說的沒錯。

梅君：我不是要抱怨，本來當媽就是這樣，現在我過得很好，大家
　　　都很尊敬我，你看現在誰還在吃力不討好的搞慈善事業？我
　　　還拉以前那些退休的同事一起到育幼院幫忙，免費教教國語
　　　英文數學，也是希望可以讓家裡人有福報啦，哎不知道趙家
　　　是作了什麼孽。

昭君：媽真的也是付出很多。

梅君：哪像你，遇到康平這麼好的男人。

昭君：（陪笑）媽真的把他教得很好。

梅君：睦久沒有同年齡的朋友，你們要多回來看看，雖然不是親的，但也是兄弟嘛……（開玩笑的）你沒有都不想讓康平回來吧？

昭君：我？（頓）我常常想回來看看媽，只是康平週末常加班。

梅君：你也要多分攤一些家裡的經濟，不能一直讓他加班。

昭君：我自己有存款，他是想趁年輕多拼一下。

梅君：喔，好啦，那你記得多燉雞湯幫他補一補。

（頓）

梅君：欸你坐啊，幹嘛一直站著。

昭君：喔好。媽不坐嗎？

梅君：我剛剛坐很久，我啊最近右半邊身體有時候會麻麻的，不適合久坐或久站。

昭君：喔。（頓）有去看醫生嗎？

梅君：有啊，但也說不出什麼原因，我每天有在推膽經啦。（按摩腿）

昭君：嗯嗯這樣健康。

梅君：唉自己按到手好痠。

昭君：（游移著要不要去幫她按，想站起來，但又覺得不夠熟）那休息一下。

梅君：這幾天你幫我觀察一下，睦久是不是生病了。（坐下）

昭君：怎麼會突然生病，之前還好好的。

梅君：他失戀吧。

昭君：失戀？他跟你說的？

梅君：他沒說，我看到的。

昭君：看到什麼？

梅君：就看到他寫一些有的沒的。

昭君：歐，像什麼。

梅君：我沒問，我問他就知道我進他房間了。

昭君：嗯嗯。進房間。

梅君：他房間垃圾桶滿滿滿都是吃完的餅乾袋，還有嘔吐味，平常
　　　對我愛理不理，要不就睡很久，我問醫生，他覺得睡久應該
　　　有在催吐，通常也會跟著有躁鬱憂鬱，你覺得我進房間不好
　　　嗎，不然我要怎麼發現他有問題？

昭君：沒有沒有，我沒有這樣想。

（頓）

梅君：康平怎麼這麼慢。

昭君：他在停車。

梅君：買車啦？

昭君：對啊因為公司派他去管分店，比較遠。

梅君：怎麼不拿家裡那台 Volvo 去開？多花錢。

昭君：我也不懂，康平是說 Volvo 很耗油。

梅君：那台也沒人在開，不如賣掉好了。

昭君：睡久沒在開啊。

梅君：他那麼孤僻。買車可以多帶我們出去玩啊。

昭君：一定會的。（頓）康平也知道他能有今天要感謝你們家。

梅君：哎唷什麼你們我們，很生疏耶。（頓）就當自己家，不要太
　　　拘束。

昭君：好……好。

梅君：我也當過人家媳婦，知道最好不要管太多，因為管不動嘛，又會被嫌煩。我也不會去問你們打算什麼時候要小 baby，年輕人自己開心就好。

昭君：不急啦。

梅君：對啦對，結婚不到一年，急什麼。當然還是年輕的時候生比較有體力。

昭君：也有考慮領養或助養，康平現在都固定捐款給育幼院，還是滿多小孩需要幫助。

梅君：生個自己的不是比較好？

昭君：生了也不會是自己的呀。

梅君：嗯，你們這代觀念比較不一樣，小孩有自己的人生。（頓，有點故意反擊）啊像你這樣一拿到碩士就結婚，老師同學不會覺得白念書嗎？

昭君：不會啊這我的私事。（頓）我還是持續在丟履歷，不會白白給康平養，我現在花的也是我當助教存的錢。

梅君：我沒有什麼意思，康平的錢就是你的錢，我沒有管那麼多。

昭君：嗯嗯你不用擔心啦。

梅君：你們兩個都很獨立，互相扶持這樣很好。

（兩人微微一笑）

（頓）

（康平上，提著一袋營養補充品，一邊錄語音訊息）

康平：可能最近流感很嚴重吧。反正趕快出貨就對了。（將營養補充品拿給昭君）媽。

梅君：什麼流感很嚴重？

康平：最近維他命Ｃ賣很好啊，一定是流感的關係。真的是幸好最近常常有流感，年終會很不錯。

梅君：不用拿維他命來啦，睦久都不吃。

康平：媽，這給你的，養顏美容，雖然你一直都很美。

梅君：（嬌嗔）你不要這麼狗腿！（打康平）康平，我最近手啊腳啊常常麻麻的。是應該要吃什麼？

康平：怎麼了嗎？

梅君：被你哥搞得快累死了，（撒嬌的）康平，幫我按一下。

康平：老佛爺，嘸！

（梅君笑得花枝亂顫，康平幫梅君敲膽經）

康平：睦久是隔好幾天才會回我訊息，但感覺滿正常的啊。

梅君：你記得趙順平怎麼過世的？

康平：不是酗酒嗎？

梅君：那他為什麼酗酒？

康平：不知道，那時我還很小，也不常見面。

梅君：他這裡有問題（指腦袋），醫生說這是會遺傳的，所以我才很擔心啊。

康平：媽你有看過一篇文章嗎，精神病是被製造出來的，藥廠要賣藥，這個我很了改，二十年前維生素的攝取標準，跟現在不一樣，有人專門訂這些規定，以前說動物脂肪不好會心臟病高血壓，現在又說糖導致癌症，癌細胞愛吃糖，反正亂七八糟什麼話都有人講啦，本來就沒有什麼真正健康的人啊，只要營養充足就不會有問題，什麼病都是營養不夠造成的。昭君，小罐那個。（昭君拿出一個藥盒）要吃到符合一天所需的維生素要這麼多耶，現代社會每個人就是虛胖又營養不

良，你叫他吃這個，我保證三個月之後就好了。

梅君：哎唷，很痛。

康平：要輕一點嗎？

梅君：沒關係，痛才有用。我命就是比較不好，中醫說體弱氣虛，
　　　身體虛也會影響人的命運，我不能倒，不然睦久怎麼辦。有
　　　時候胃脹氣啊、失眠啊、還有一點乾燥症，眼睛很容易乾，
　　　手也舉不太起來，可能五十肩吧。

康平：哪有，媽還是很年輕好嗎。

梅君：朋友都說我看起來很年輕看不出來有這些毛病。

康平：說你是我姐姐大家都會相信啦！

（梅君笑得花枝亂顫）

——字幕——

昭君其實討厭這樣的康平。

但她永遠不會說。

康平：那他更不能悶在家裡嘛，不然來我們公司工作，他很會畫
　　　畫——

梅君：從早到晚那張臭臉，自己也不會煮飯洗衣服，還搬去台北？

康平：你不是也希望他獨立嗎？

梅君：他不行啦。

康平：我照顧他。

梅君：他不行。

康平：你是希望他獨立還是不希望。

梅君：我希望啊，但他不行。

昭君：那個——

康平：怎麼了？

昭君：媽說明天不用去育幼院的活動。

康平：為何？媽是榮譽捐款人，我是院童楷模，公司要捐一批維他命給育幼院，叫睦久一起去啊。

梅君：他不會去，我也不會去。

康平：為何？

梅君：我要院長換育幼院的名字，她不肯。

康平：順平育幼院。

梅君：對，我今天就是要告訴你們，為什麼這個人的名字，沒有資格拿來當作小朋友的楷模。我們都不去……

（有人按門鈴）

康平：我去開門。

——字幕——

門外站著一位二手車行的業務員。

業務員：你好。啊要脫鞋，不好意思。

梅君：請問你是？

業務員：府上有一輛 Volvo 的二手車要賣，我來估價。

梅君：蛤？我們沒有要賣車。

業務員：有一個趙睦久先生跟我聯絡——

（梅君強行把業務員推出去）

梅君：我們沒有要賣車。

──字幕──

業務員大聲拍門，他的鞋還在裡面。

昭君提著業務員的鞋子出去，

她需要透透氣離開一下。

（睦久出現）

睦久：剛剛是業務嗎？

梅君：你幹嘛賣車？

睦久：我只是先找人來估價啊。

梅君：你不先問過我？

睦久：你之前也講過你想賣啊。

梅君：但你最後沒有問我。

睦久：蛤？最後是多最後？

梅君：反正基於尊重你還是要問我一下。

睦久：（壓抑怒氣）那你想賣車嗎？

梅君：可以找人來估價，價格不錯就賣。

睦久：那結果不是一樣嗎！

梅君：不一樣，一個有問，一個沒問。

睦久：那是我的車。

梅君：我還沒問你賣車要幹嘛？你賭博？欠債？

睦久：我要搬回台北，找工作。

梅君：（對康平）他真的很衝動。

睦久：在那邊講什麼？

康平：沒有啦，你好好聽他講──

梅君：我們只是擔心你，沒有必要大小聲。

睦久：我今天起床就開始丟履歷，丟了三十幾家，再找人來幫車子

估價，你就這樣把人家趕走？

梅君：你可以跟我商量啊。

睦久：我早點問還是一樣，反正我做什麼你都反對。

梅君：你冷靜一點。

睦久：我很冷靜。

梅君：（對康平）他這樣突然賣車、突然丟履歷，就是有問題。

睦久：你要講什麼——

（頓，康平看向睦久不知道該如何是好）

（昭君進門，拿著一疊亂塞的信件、廣告傳單）

昭君：信箱都滿了。

梅君：喔，謝謝。

　　　　　——字幕——
　　隔壁國小傳來孩童練唱的歌聲。

康平：欸這個是……？

睦久：聖歌比賽。

康平：哇好懷念。差不多這個時候都在練習，我們班以前是唱〈一
　　　件禮物〉，「有一件禮物，你收到沒有，眼睛看不到，你心
　　　會知道……」後面我忘了，我們班沒得名啦。（對睦久）你
　　　們班是第二名的樣子。國小唱完就會換，對面的——

　　　　　——字幕——
　　隔壁看守所傳來犯人激昂的軍歌聲。

遙遠的東方有一群鬼

康平：就換對面看守所出來放風的犯人唱歌了。

昭君：我第一次聽到。

睦久：因為你之前來都不是國小要準備聖歌比賽的季節。

——字幕——

孩童的歌聲跟犯人的歌聲交雜。

梅君：好吵。

睦久：這時候都是這樣的。

梅君：我知道，我在這邊住很久。對面國小斜對面看守所，我們
　　　家街角對沖，買在這個位子一定會家破人亡，要不是我花
　　　了二十萬買了一隻玉獅子鎮在門口，你們哪會這麼順。

（突然傳來犯人大叫的聲音）

梅君：嚇死我了，都是什麼樣的神經病才會被關起來？我要去煮飯
　　　了，今天膽經比較有被按開，不然我每次煮，一久站，都腰
　　　痠背痛。

康平：媽媽謝謝，你最辛苦了。

梅君：還有每次要吸那個油煙，很傷身體，趙睦久每次都剩一堆。

（梅君下場）

睦久：她常常煮太多。

康平：你就盡量吃。（打睦久）氣色不錯啊。

睦久：待多久？

康平：幾天吧，別跟她硬碰硬，她就講話難聽啊。

睦久：你不覺得她應該要看醫生嗎，她很不快樂。

康平：可能碎念讓她很快樂啊，好啦，我也會跟她聊聊啦，很多事就是也不能怎樣，但聊一下會好很多。

昭君：康平，你可以幫我去車上拿伴手禮嗎？

康平：喔你有準備喔，沒關係吧——

昭君：不行這樣很失禮，你去幫我拿一下。

（康平點點頭，出門）

——字幕——

睦久聽到太過安靜而刺耳的鳴聲。

昭君：你還好吧。

睦久：要待多久？

昭君：明天康平會去育幼院的典禮，後天回去吧。

睦久：他要去？

昭君：要跟院長談生意，一些兒童維他命的即期品可以半買半送之類——我也不曉得。

睦久：這間育幼院就是給王梅君，和她那些有錢朋友捐款避稅，再用捐款去他們的企業買東西。

昭君：好像有聽說。

睦久：很虛偽的善行，但也不犯法。

昭君：做善事被鼓勵的話也會繼續做善事吧。

睦久：嗯，那，沒事的話我先回房間了喔。

昭君：阿姨說你生病——媽媽說你生病，一直傳簡訊要康平回來看你。（頓）你最近是有惹到她嗎？

睦久：應該是那個吧，她要我明天去表揚大會講我爸的事情，逼院

長改育幼院的名字。

昭君：蛤？

睦久：喔還要說我被我爸不檢點的行為影響，毀了我的人生。

昭君：這又不是你去講兩句就能改的。

睦久：她最近一直在翻以前的不愉快，我想說她是不是可能早年失
　　　智？失智會這樣。

昭君：可能傷口一直在吧。

睦久：人為什麼要結婚？

昭君：——欸，你不用覺得對不起她，不用因為小時候——

睦久：等等等等，現在你在關心我？

昭君：我很擔心你。有需要的話你搬出來，房租八千以內我還可以
　　　幫你一陣子。

睦久：（鼓掌）你人真好欸，要不要等一下當著康平的面講一遍？

昭君：你捨得嗎。（睦久沉默）不是要好聚好散嗎。

　　　　　　　　　　——字幕——
　　　　　昭君接到訊息，低頭滑了手機。

睦久：康平嗎？最近升上副理了耶，王副理～

昭君：你別這樣。

睦久：你回訊息啊。

昭君：謝謝你告訴我該怎麼做。他要順便買飲料回來你要喝嗎？

睦久：我想喝大稻埕那家杏仁茶。

昭君：（頓）別鬧了，很遠。

睦久：你忘記了嗎，你帶我去的。（昭君沉默）你考試考過了？

昭君：沒有，我當不了心理師。

睦久：為什麼？

昭君：我不會是一個好心理師。

睦久：也是，你才需要心理師吧。

昭君：是我的錯，我讓你變這樣。

睦久：你確定要在這邊聊這個？

昭君：你覺得我怎麼做比較好？

睦久：離我遠一點。

昭君：我不擔心你你會覺得好一點嗎？

睦久：你幹嘛擔心我？你喜歡我？

昭君：（頓）我不是叫你不要搬回來嗎？

睦久：可是你不理我，我沒辦法繼續住在台北。

昭君：我覺得你會依賴我是因為，你一直覺得對你媽有虧欠，但你不想被控制，所以反應在身體上，你催吐、情緒起伏很大——

睦久：不要分析我我已經不是你的個案了。

昭君：不是分析你，我是了解你，所以我覺得抱歉。

睦久：覺得抱歉所以躲我？

昭君：我們不能這樣下去。還是康平介紹你給我的，你不覺得有罪惡感嗎？

睦久：我以為我跟你比較能聊天。

昭君：我現在還是可以跟你聊天。

睦久：那你還喜歡我嗎？

昭君：我很喜歡你這個人，但你要先走出這個狀態，你才能好好喜歡人，那個人不一定是我。

睦久：什麼意思。

昭君：我們會一起往下。

睦久：要是我振作起來，你會跟我在一起？

昭君：你這麼好，到時一定有其他女生喜歡你。

睦久：我一直有在努力振作，我丟了好多履歷。

昭君：這樣很好啊。

睦久：可是你不喜歡我。

昭君：我沒辦法照顧你，我都需要別人照顧了。

睦久：所以康平可以照顧你。

昭君：他對我很好。

睦久：他不懂你，你不是說你每次心情不好想催吐他只會阻止你？

昭君：我現在不會了，結婚之後不需要在意身材。

睦久：（頓）那我們唯一的共同點也沒了。

昭君：很多女生都會這樣，這沒什麼特別的。

睦久：（突然生氣）我不喜歡你這樣說！

（昭君沉默）

睦久：對不起。我會努力的。

昭君：不要為了我努力，為了你自己。我都特地來看你了，你不開
　　　心嗎？

睦久：開心。

——字幕——

遠處傳來節拍生澀的蕭邦，某戶鄰居家的孩子正在練琴。

睦久：鋼琴。

昭君：有嗎？

睦久：有，附近有一家人很常練琴，但練得很爛，很吵，有一陣子
　　　沒有聽到，我以為他放棄了很開心，後來才知道那個小孩手
　　　摔斷了打石膏。

（頓）但我馬上想到的是天啊他手好了就會回來彈琴了，要
　　是他手永遠斷掉就好了。

昭君：要是我也會這樣想。

睦久：（露出笑容）是不是！我覺得我們差一點就有機會，我嚇跑
　　你了。（頓）我會改進。

昭君：改進是為了你自己。

睦久：我會好好跟我媽溝通，我會獨立。

昭君：我只希望你開心。

睦久：那你為什麼不回我的信？

昭君：蛤？

睦久：你是不是沒看？

昭君：這樣你會比較開心嗎？

睦久：（拿出手機）你變得怪怪的，我想知道是不是我一直寫信嚇
　　到你了。我有很多話想告訴你，我覺得你能懂，包括我們都
　　是發生事情時習慣自我譴責的人——
　　久而久之用催吐暴食的方式來緩解生活中的不順，我們能控
　　制的東西太少了，只能控制自己的身體，只能控制那一條括
　　約肌。我說過你對我來說很珍貴，我第一次遇到能不帶著任
　　何成見跟我聊我的狀況的人，我應該也是，康平只會說，少
　　吐一點，傷身體，就不去談那些事了，可是他沒有真的去了
　　解你，但我可以，我知道那是什麼，你還是可以繼續跟我
　　說，我不會再說我喜歡你這些話了，我只是想表達一個人
　　類對另外一個人類的好感，沒有任何邪念，我還是想繼續聽
　　你分享你想的事情，我還可以寫信嗎？你可以繼續跟我說話
　　嗎？

昭君：我剛剛不就是在跟你說話嗎？

睦久：嗯，謝謝。

昭君：你說你會獨立的。

睦久：好。

昭君：不要被你媽控制。

睦久：好。

（王梅君大喊）

梅君：吃飯了！

昭君：去吃飯吧。我從另外一邊走，我們不要一起出現。

二、餐桌上

——字幕——

梅君煮了一桌菜，

在父親的遺像前擺了一副碗筷。

梅君：吃飯啦！

（康平將飲料、伴手禮放在桌上，一邊玩著手機）

康平：明天張老師、鄭老師他們都會去欸。你站在她們旁邊真的就
　　　像她們的女兒一樣。

梅君：對啊，我也覺得，一群老女人，你知道為什麼她們要做義工
　　　嗎？因為她們沒有朋友。

康平：我是不一定要去。（康平一邊打字）但是我覺得既然已經答

應了齁——嗯答應了是不一定要去啦——

梅君：工作很多？

康平：有一點。

梅君：（靠近看）你在寫發言講稿，為何，你要去？

康平：沒有啦，就先寫起來嘛。

梅君：你不要騙我喔。

康平：我什麼時候騙過你？好香喔，最喜歡吃媽做的菜了。

梅君：你不覺得院長應該要站在我這邊嗎？女人要幫助女人啊。

康平：對啊真的。

梅君：好姐妹一場，我忍了一輩子欸。

康平：大家一定都支持你啊。

梅君：平常她罵男人罵最兇，但我真的不想再忍了，她就說我小題
　　　大作。

康平：哎，也是，這件事就是很兩難嘛。（繼續喃喃敷衍梅君）

——字幕——

餐桌上擺滿炒青菜、烤魚、

煎蛋、水煮蝦、

茄子鑲肉、滷肉、

冬瓜排骨湯……

（廚房傳來烤箱叮的聲音）

康平：還有？

梅君：我試做紅蘿蔔地瓜餅，之後帶去給育幼院小朋友吃。

康平：這樣——會不會煮太多啊？

梅君：（臉色一沉）你們難得回來啊。

康平：哇難怪都是我喜歡吃的耶。

（聽到康平的答覆，梅君開心的進廚房）

——字幕——

康平傳訊息給院長：「我媽無法溝通。」

康平：吃飯了！

（昭君出現）

康平：你買這伴手禮是茶葉嗎？
昭君：對啊要回來前一天買的。
康平：睦久喜歡喝茶。
昭君：是喔。也煮太多了吧。
康平：就盡量吃嘛，看我們回來開心。（頓）睦久沒一起下來？
昭君：不知道欸我剛剛去上廁所。
康平：我還以為你們剛剛在聊天。
昭君：沒有啊。
康平：我以為你是要開導開導他所以才叫我去拿東西。
昭君：我要開導什麼。

（梅君拿著食物出現在場上）

梅君：睦久還沒下來？叫他趕快過來！
康平：好喔我去。

（梅君離場）

昭君：他應該等等就下來了不要一直叫。

——字幕——
康平打開電視。隨意轉台。

康平：這種事我們可是不敢做的。

昭君：什麼事？

康平：要任性啊，不去工作啊，吃飯還要三催四請啊，畢竟人家是
親的，我們這種領養的都很知道分寸。

昭君：你不高興嗎？

康平：我這輩子從來沒有不高興過，讓自己有價值，讓別人需要我。
（頓）我覺得睡久沒病啦，就是太閒了沒事幹，有時間在那
邊心情不好、自虐催吐幹嘛的。

昭君：欸你在講——

康平：不是啦，你女生怕胖我知道，大家都會有一些壞習慣嘛，我
以前也抽菸啊，後來也改掉了。

昭君：他應該是一直介意爸爸的事吧。

康平：是啦是啦，那我這種無父無母的豈不是要自殺了。

昭君：你是不是覺得當一個奮鬥打拼的孤兒很有優越感？

康平：蛤什麼意思？

（頓）

康平：我知道我親生媽媽是誰好不好，就是那種未婚懷孕的國中少
女。

昭君：你怎麼知道？

康平：前幾天跟院長聯絡她講的。

昭君：你怎麼沒跟我說。

康平：這是什麼重要的事嗎？幸好我姓名都改了，不然要是找上門
　　　來借錢就糟了。我就是自己一個人拼到這個位子啊，我覺得
　　　他會這樣就是你們太關心他了，小孩子跌倒，看到有人在看
　　　反而會故意哭得更大聲。

昭君：很吵欸。

康平：什麼？

昭君：那個轉台的聲音很大聲。

——字幕——

康平放下選台器，叫睦久吃飯，

睦久說不餓。

（康平掛上電話）

梅君：不餓不吃？別人還要看他餓不餓再煮嗎？一起吃飯就是配合
　　　大家的時間，他以為他是皇帝嗎？一個家最重要的就是要有
　　　規矩。

康平：你說得對，我去叫睦久下來。

（康平離去）

（梅君跟昭君陷入尷尬，兩人微笑）

梅君：平常你都煮什麼給康平吃？

昭君：就一些簡單的，大部分都各自吃，有時候他煮。

梅君：他會煮啊？

昭君：很簡單的啦，煎蛋啊燙青菜那些。

梅君：我都沒吃過呢。

昭君：康平常說還是媽煮得好吃。

梅君：哎唷，老了啦，不中用了。

昭君：（頓）怎麼會，媽保養得這麼好。我還想問媽都怎麼做的，想學。

梅君：粗茶淡飯啦，沒什麼。

——字幕——

昭君起身，想幫忙擺碗筷。

梅君：沒關係你不會弄，我來弄。

——字幕——

掉了一個瓷湯匙。

梅君覺得都是昭君擋路。

梅君：哎你不要擋在那邊！

昭君：對不起。

梅君：不要動，會踩到碎片。（梅君被割到）啊。

昭君：沒事吧？

——字幕——

梅君很細微的說了一句沒事，

昭君很細微的說了一句那就好，

兩人似乎都沒有聽到。

（康平跟睦久上飯桌）

康平：一起吃比較熱鬧嘛。
睦久：（表演的）你們來所以特別豐盛耶。
梅君：先喝湯，老母雞熬的湯。

（大家喝湯）

——字幕——
眾人吃飯。

（沉默）

梅君：昭君，你不是想學嗎？這三道是特別因為你們來特別煮的，吃吃看這個，我拿跟海產店一樣的貨源，南極的大蝦，誰要吃蝦？（開始剝殼，並將一隻一隻的蝦往別人盤裡送）大家都年輕，應該不會有膽固醇的問題吧。這道菜很久沒做了，螃蟹粉絲煲，今天好多海鮮，昭君喜歡吃海鮮對不對？
昭君：很喜歡。
康平：超好吃欸，好新鮮，咬下去還會彈起來，這根本活的吧！
昭君：真的很甜。
梅君：那你多吃點，手藝比不上外面啦，但用料都是最好的，啊這三道要幫忙吃一下，吃看看對小朋友來說會不會太鹹還太淡。
康平：很剛好。
昭君：很好吃。

睦久將米一粒一粒挑起來吃。

梅君：你是雞嗎？一顆一顆吃喔。

（梅君看向睦久）

康平：你好擅長做這種可愛的料理。
梅君：（夾菜）多吃一點。小朋友呢，就是把東西做成動物的形狀，就可以讓他們吃下去。你看把飯糰做成小熊的臉，先咬他右邊的耳朵，再咬他左邊的耳朵，小朋友就會吃下去。你們以後有了小朋友，吃飯的時候讓他覺得好玩、有趣，比較不會挑食。
康平：還沒這麼快啦，要先存錢。
梅君：這個滷汁拌飯很好吃。（幫大家分醬）好吃嗎。
康平：你也等她吃下去再問嘛。
昭君：好吃。

——字幕——
眾人吃飯。

梅君：台北買不到這麼新鮮的，會送到台北的菜又貴又都是農藥，台北人膚淺，只看外表。（夾菜）睦久，你幫大家拿面紙。要喝酒嗎？昭君不是聽說很能喝？（梅君幫自己倒酒）
昭君：不用沒關係謝謝。
梅君：確定不要嗎……（梅君喝酒）好，我直接開誠布公的說，趙順平，噁心。順平育幼院，我看到就噁心。

（眾人沉默）

康平：（頓）我有跟院長聊過，她說大家都習慣名字了，沒必要翻這種陳年舊帳。

梅君：陳年舊帳？

康平：對啊說那什麼話，我會再跟她談談啦。

梅君：睦久回家這一年，讓我想很多。（頓）趙順平是什麼德性你們大概都知道。

——字幕——

梅君又要再說一遍亡夫外遇的故事，
每次回家都要再聽一遍。

梅君：我對不起睦久，你們能想像，一個這麼糟糕的爸爸，卻要逼自己對外說他是個很好的人，有多分裂嗎？如果這是一個壞人不會被懲罰的世界，孩子要怎麼長大呢？長大要怎麼快樂呢？我們這一代比較認命，但你們不會跟我們一樣。康平，你說呢？

康平：蛤，說？

梅君：你怎麼看？

康平：喔，一開始我只有週末到家裡聚餐嘛，後來才真的住進來，覺得，不容易，大家都很不容易。

梅君：我最不能諒解就是把小孩子扯進來，昭君你知道嗎？

昭君：知道什麼？

梅君：趙順平以前放假就帶睦久去科博館，利用他，把他當煙霧彈，假裝親子出遊，其實是跟社會老師搞七捻三，欸我同事欸，上酒家應酬就算了，但跟我同事？他叫醫生跟我說，他面對

我壓力很大，沒辦法待在家裡，自己胯下癢怪我？還在小孩面前裝可憐，這小孩很傻嘛，很笨嘛，看到恐龍化石就開心，幫他爸爸騙我。同事都知道，我兒子也知道，就我不知道。（對睦久）那個阿姨是不是長得很醜？

睦久：很醜。

梅君：那麼醜也要，他有什麼毛病？花柳病。（頓）雖然現在沒關係了，以前我氣睦久氣了好長一段時間，可以理解吧，小孩騙我嘛，但我後來知道他就是想要每個禮拜去看恐龍，對不對，睦久？

睦久：對啊。

梅君：所以你現在不快樂，都是趙順平害的。我們人太好了，沒有讓那些人渣付出代價，我們只是要一個公平，對不對，睦久？

（康平跟昭君互看不知道誰要先開口）

康平：公平真的……很重要，我理解。

梅君：第一、換掉名字，第二、不准以前那些同事出現在育幼院假惺惺裝好人。

康平：那個，爸都過世了……

梅君：所以呢？

康平：媽很辛苦，但你也是撐過去了。

昭君：我知道，日本最近很多女人是丈夫一過世，就馬上離婚，不想繼續照顧公公婆婆，還分財產過下半輩子。

梅君：對，我活得久，我贏了。

康平：媽，別光講話，飯要吃，人是鐵，飯是鋼。

梅君：就你最孝順。

（頓）

昭君：要不要再喝點湯？

（昭君起身盛湯）

梅君：趙睦久。（夾菜給睦久）
睦久：嗯？
梅君：沒有啊，你都沒講話。
睦久：喔，你之前說吃飯的時候不要講話。

（梅君怒拍桌子）

梅君：你們看他，你們看他！（梅君震怒到說不出話）我真的沒辦
　　　法，你真的有病要吃藥，好好吃個飯你也可以搞成這樣，你
　　　吃的東西都是我買的、我煮的，要是沒有我你早就餓死了，
　　　每次都熱臉貼冷屁股，受夠你們姓趙的。

（梅君離席）

——字幕——
三人吃飯。

（沉默一陣，康平欲起身去找梅君）

康平：哎你就順著她講話不就好了，你們就是互相激怒對方啊。

（康平離席）

睦久：我要去吐。
昭君：蛤？
睦久：我才不想吃她煮的東西。
昭君：不用這樣吧？

（睦久放下碗筷，到廁所催吐）

——字幕——

昭君開始玩 Candy Crush。

她不能起身，

一起身這頓飯就真的不歡而散了。

她給自己一直留在原地的理由是，

要用電玩音樂掩蓋睦久吐的聲音。

（康平回場上）

康平：你在打電動？
昭君：對啊。
康平：媽叫我先吃。
昭君：嗯好。
康平：睦久呢？
昭君：在廁所。（頓）我們幫他搬出來好嗎，住在家裡對他不好。
康平：喔。好啊。

（頓）

康平去廁所找睦久，

他也不知道他想要做什麼。

睦久：你要上廁所？

康平：對啊。

睦久：廁所堵住了你去樓上。

康平：我叫水電？

睦久：不用我處理就好。

（康平看著睦久）

康平：（突然生硬的）你不要難過，是同性戀也沒什麼。

睦久：蛤?!

康平：之前你常常去找昭君，我才知道因為你喜歡上男同事很困擾，
　　　幹嘛不跟我講，很見外欸。

睦久：嗯，哎，那個喔。

康平：我本來還覺得你們太常見面了，有點在意，你早點讓我知道
　　　我就——

睦久：嗯昭君跟你說的喔。

康平：她不是故意說的。

（睦久看著康平，哭了）

康平：（拍著睦久）沒事，都可以解決，你可以依靠我，昭君幫不
　　　上忙的，她也很需要人家照顧。

——字幕——

康平想不起來飯局是怎麼結束的，

最後他拿了廚房所有的毛巾抹布，

擋在廁所門前吸水。

發現有一個牌子的抹布特別吸水，

後來想再去買，

已經想不起來是哪個牌子了。

三、訪客

——字幕——

午後院長前來拜訪。

她先跟康平通了電話。

院長：她叫趙睦久明天來？來幹嘛？這件事要講多久啊，原本很同
　　　情她，現在都煩了。過去就過去了，先生都過世了，要吵也
　　　是要觀落陰找先生來吵，關我們什麼事。哎事情沒那麼單
　　　純，她一定是另外想幹嘛，不然這麼久之前的事了，怎麼還
　　　在意？（頓）我不知道，我覺得她看我不爽吧，因為我跟那
　　　個那個素芬姐，對就是那個教社會的變得比較熟，嘿啦就是
　　　要選邊站啦。但這不關外人的事嘛，素芬姐後來也主動從學
　　　校離職啊，大家都有付出代價，沒什麼好計較的。而且誰知
　　　道是不是老婆有什麼問題，梅君姐不是聽說，（意有所指）
　　　比較心如止水嗎，趙先生會出去找也難免嘛，好啦好啦，不
　　　談這個，是可以理解梅君姐的心情啦，不過過這麼久了，還

走不出去，那就是她自己的問題了。我會再跟她說啦！

（門鈴聲響起）

梅君：誰啊。
院長：梅君姐，打擾了。
梅君：嗨，院長，怎麼過來了。
院長：真的很謝謝梅君姐多年來持續捐款，給很多小朋友機會，想好好謝謝你。這個是最近大家都在團購的肉乾，吃吃看很好吃的。
梅君：這麼客氣啊，要喝茶嗎。
院長：不用麻煩啦。
梅君：最近朋友有送我很好的茶葉跟鳳梨酥，吃吃看嘛。

（梅君泡茶，準備鳳梨酥）

院長：梅君姐真的很會打理家裡，這桌布的顏色真好看。
梅君：是嗎，去年就換了。
院長：哎，最近真的是老了，越近的事情越不記得。我一個表姐啊，她最近也才剛去安養院一趟。
梅君：怎麼了嗎？
院長：她接到電話，國外打來的，拜託他們去安養院探望一個姓張簡的女人，這個複姓太怪了我表姐馬上就想到是那個——對，就是我表姐夫跑業務的時候外遇的女人，她住進安養院了，什麼都忘了，身邊連能去探望的家人都沒有，國外的姐姐打來拜託他們送一些冬天的棉被衣服進去。那個張簡跟我表姐夫前後來往了八年，青春都耽誤了，就這樣一個人到

老，表姐夫再怎樣最後還是為了小孩低頭，聽到那個女人的下場，我表姐開心得不得了，煮了一堆好料、搜了家裡成堆的舊衣，喜氣洋洋的帶過去，就差沒有放鞭炮慶祝。表姐夫也一起去啊，有個看護把那個女人推出來，她誰也不認得了，整個人皺成一團，老了，我表姐跟我表姐夫說，你那時要是跟她走了，現在在推輪椅的人就是你了，算你幸運。是不是很幸運？所以我說啊，很多事情不到最後不知道誰是贏家。既然贏了，就要寬容一點，很多事情不必太計較。

（頓）

院長：梅君姐？

梅君：你也這樣跟你表姐說？很幸運，寬容一點，不必太計較？

院長：不會特別去提啦。

梅君：表姐夫才幸運呢，年輕就到處玩，老了還有人照顧。

院長：他也付出代價啦，自己知道理虧，在家都很低調，地板髒了第一個去掃，衣服一洗好馬上去晾，都安安靜靜，小孩也不跟他講話，他也是老實人啦，就是老實人才受不了誘惑——

梅君：（不耐煩的）怎麼每個人都老實人。

院長：我知道你很委屈，可是換個角度想，痛苦不是會讓我們成長嗎？梅君姐也得到很多——

梅君：得到什麼？

院長：這個房子啊，不愁吃穿啊，兩個小孩都很優秀——大家都覺得梅君姐很大器，不會一直計較——

梅君：每個月的固定捐款，都有收到吧？

院長：有的有的，非常感謝。

梅君：小錢啦，不是很必要吧。

院長：梅君姐——這樣就有點小孩子氣了。有時候走不出來，是自
　　　己不願意走出來，人最大的難關是自己，所有苦難都是上天
　　　給我們的考驗，這是福報啊梅君姐。

（梅君沉默）

梅君：你怎麼一直嫁不出去？

（沉默）

梅君：你都沒被幹過嗎？

（沉默）

梅君：你有什麼難關？怎麼沒有人想要幹你？

（長長的沉默）

院長：我先回去了。
梅君：（對著院長大喊）講兩句不會受傷吧？你自己不願意走出來！
　　　我罵你是你的福報啊！

——字幕——
梅君澆了花，掃了地，
看到畚箕裡面的垃圾沒倒，
非常生氣，打內線電話給睦久。

（直接接下段字幕）

睦久：喂。

梅君：畚箕裡面為什麼會有垃圾！我不是說了好幾次要倒掉嗎！

（睦久將電話放在旁邊）
（梅君的罵聲很遙遠）

——字幕——
梅君受夠睦久給她的折磨了，
擠牙膏的方式、牛奶盒的折法、
碗盤沒有馬上洗起來、關門的聲音、走路的聲音，
梅君受夠了。

梅君：（大發脾氣）趙睦久，喂？你在聽嗎？為什麼不講話？喂？
　　　喂？

——字幕——
此時二手車業務員打來。

業務員：不好意思，剛剛造成一些困擾，可能是我弄錯了，趙先生
　　　　沒有要賣車，我一定要打電話來道歉，希望下次還是可以參
　　　　考敝公司的商品——
梅君：你知道他要賣車都沒有問過我嗎？
業務員：因為趙先生已經成年了，車子也在他名下，所以——
梅君：你覺得不需要問我？
業務員：當然都是要溝通的。

梅君：哼，溝通。

業務員：自己家人，聊一聊就沒事了啦。

梅君：你有媽媽嗎？

業務員：當然。

梅君：你們會聊天嗎？

業務員：會啊，我還會帶她去抓寶可夢。

梅君：你孝順嗎？

業務員：蛤？

梅君：每個月給媽媽多少錢？

業務員：不多啦但一定會拿錢回家。

梅君：真好，我兒子沒給過我一毛錢。

業務員：趙先生比較幸運，家裡本來就不錯。

梅君：你算是有一個正當的工作。

業務員：我們比較辛苦要自己賺啦，那就先這樣——

梅君：你媽媽很幸運，有你這樣的兒子。

業務員：謝謝謝謝。

梅君：真的要體諒你媽媽，沒有人知道怎麼當媽，就變成媽媽了。

業務員：自己當父母了比較知道啦，那今天先——

梅君：你有小孩了？

業務員：有。

梅君：恭喜！那要為小孩為家庭著想，路邊的野花不要採。

業務員：嗯嗯，不好意思，收訊好像有點問題——喂？喂？

梅君：要出去也不要帶小孩一起，叫小孩幫你騙，這樣真的很缺
　　　德。

（斷線，電話嘟嘟嘟的聲音）

梅君：你們真的不可以這樣，不要騙。

睦久：我沒有騙。

梅君：不講就是騙。

睦久：我怕你生氣。

梅君：知道我會生氣為什麼不說。

睦久：我不想要你們吵架。

梅君：他們這樣多久了。

睦久：不知道。

梅君：你要幫爸爸隱瞞嗎？

睦久：沒有。

梅君：那個阿姨有請你吃冰淇淋？請你喝飲料？

（頓）

梅君：他們在一起是怎樣？摸來摸去？牽手？

睦久：我不知道。

梅君：為什麼不跟我說！為什麼要一起騙我？為什麼……（梅君歇
　　　斯底里地嚷嚷）

——字幕——

電話掛斷後，梅君又講了好一陣子。

電話傳來嗶嗶嗶嗶的警告音。

她才掛上電話，去拖地。

地板永遠不夠乾淨。

四、半夜

──字幕──

臨睡前，康平發現馬桶堵住了，

馬桶水滲漏出來。

康平：馬桶堵住了欸。

昭君：那你去上別間。

康平：我上完了啦，我是怕你去用那間廁所。（溫柔的）你怕髒。

昭君：這麼貼心？

康平：你是我老婆啊，不對你貼心要對誰貼心。

（昭君輕打康平）

（兩人準備要睡覺）

康平：我問你喔。

昭君：嗯？

康平：人為什麼會外遇。

昭君：嗯？你說趙伯伯嗎？

康平：對啊。媽以前也不是這樣的，她個性也變很多，打擊很大吧。

昭君：你應該比較了解吧，男人的心理。

康平：我不知道，我不可能做出這種事，我一直都很想要一個自己的家，我很重視這個承諾。

昭君：嗯──外遇也不一定是不重視吧。

康平：（笑）這太矛盾了，如果夠重視就會控制自己。

昭君：嗯，阿姨為什麼不離婚？

康平：我也不知道，面子吧。（頓）你知道到了一個年紀以後，不
　　　管去哪都是一對一對夫妻，你不結婚就好像不能活在這個社
　　　會一樣，那時候為什麼不離……

昭君：那時候你就來趙家了嗎？

康平：本來只是想收我當乾兒子啦，是科博館那件事發生，媽來辦
　　　領養，說她沒有兒子了，要我當她兒子。

昭君：這麼氣？

康平：他們好幾年沒講話。幫我按一下肩膀好嗎，肩膀好痠。

昭君：可是那時候他才小三也不知道要怎麼反應吧。

康平：是啊。你怎麼知道是睦久國小三年級的事？

昭君：剛剛吃飯媽有說啊，你沒在聽。

康平：是嗎，我是沒在聽。（頓）這個家是不能講小三小四這幾個
　　　字的，都要講某某某的小孩讀國小三年級。

昭君：哇受傷這麼重。（頓）你明天怎麼跟媽講？

康平：我還是出門，就說我拜訪客戶。

昭君：她會相信嗎。

康平：又不是故意要騙媽的，誰沒有說過謊，凹好痛！

昭君：你這裡氣結好大。有時候說謊是因為在意這個人的感受。

康平：這種場合就是大家互相給點面子，熱鬧一下就過了，媽太認
　　　真了，誰還會在乎育幼院的由來，趙順平都過世了。這樣講
　　　對媽不好，但大部分人不能接受人都死了你還去講他生前怎
　　　樣怎樣。

昭君：對啊。

康平：而且家務事，別人又沒辦法插手。

昭君：那你會後悔嗎，到一個很多問題的家。

康平：跟那個比起來，有錢比較重要，那時候其他小朋友都說很羨

慕我。

昭君：你們會討論喔？

康平：會啊，你看來的人漂亮乾淨、打扮名貴，當然會盡力表現啊，誰都想去好人家嘛，去了以後過得怎樣，會知道啊。安潔莉娜裘莉領養的那幾個，雞犬升天，人生整個不一樣，她都是去一些比較落後的國家，越南柬埔寨衣索比亞，台灣進步不夠進步，落後也不夠落後，如果落後到有一個國際能見度，我就是好萊塢明星的兒子了。（頓，握住昭君的手）謝謝你給我一個家。

昭君：（溫柔的）謝謝你對我這麼好，從來不生我氣。

康平：寶貝。

昭君：什麼？

康平：最近還好嗎。

昭君：還好啊。（頓，有點心虛的拿別件事來說）回來壓力好大。

——字幕——

睦久在康平房外的走廊上走來走去。

（康平一個翻身，壓在昭君身上。）

昭君：你幹嘛！

康平：親愛的。（親吻昭君的脖子）

昭君：這你老家欸。

康平：在哪裡有什麼關係？

昭君：有關係。

（康平有點強硬）

昭君：很痛！

康平：一下下就好。

昭君：我不要在這裡。

（康平想脫掉昭君的上衣，被昭君推開，康平摔下床）

昭君：有沒有怎樣？

（睦久敲門）

睦久：怎麼了？

康平：沒事，我撞到，你去睡。

睦久：很大聲欸，怎麼會沒事。（強行進門）怎麼了？

昭君：沒事，你去睡吧。

睦久：誰撞到？

康平：你在外面幹嘛？

睦久：我路過。

康平：這個時間？

睦久：就有點煩，在家裡散步。怎麼了？

康平：我不是說沒事嗎。

（頓）

昭君：（起身）我餓了，我去廚房找東西吃。

睦久：冰箱有牛奶──（康平跟睦久都準備要跟上）

昭君：沒關係，我自己來。

（昭君下，剩睦久跟康平在場上）

康平：你到底在外面幹嘛？
睦久：沒幹嘛。

（頓）

康平：還不睡喔。
睦久：最近睡眠時間比較亂。

（頓）

睦久：那沒事的話，我——

（睦久看手機）

——字幕——
昭君傳訊息給睦久要他拖住康平，
她想在廚房自己冷靜一下，
睦久非常高興。

睦久：（非常高興）我們來聊天！
康平：聊天？現在？

（頓，想話題）

睦久：你覺得我明天要去育幼院嗎？

康平：看你啊。

睦久：會遇到很多我以前的老師。（頓）我本來想當老師。

康平：美術老師？

睦久：我覺得可以教人是一件很偉大的事情。

康平：嗯嗯。

睦久：我會好好跟院長講。

康平：你要講什麼？

睦久：我還沒想。

康平：不用再提爸的事了，真的沒人在意。

睦久：我知道。他就是遇到了，他不能跟他真正愛的女人在一起，我後來才瞭解，這件事沒有誰對誰錯。

康平：你怎麼知道那是他真正愛的？

睦久：不是有一句話是說，要是你愛上兩個人，選第二個，因為如果你真的愛第一個，你根本不會愛上第二個。

康平：這是什麼網路格言？

睦久：人不一定會一直喜歡同一個人。

康平：都結婚了，就不要多想了。

睦久：你覺得你不可能再喜歡別人嗎？

康平：不可能。

睦久：昭君也不可能？

——字幕——

康平並沒有想繼續聊下去，

但睦久並沒有離開。

睦久傳訊息問昭君，「你在催吐嗎？」

昭君說，「嗯。」

睦久又傳，「你想拖到康平睡了，以免他又想侵犯你對吧。」

康平：哎只是有點意外。（故意要刺他）

睦久：意外什麼？

康平：媽這麼照顧你，你還是幫爸講話。

睦久：我沒有覺得爸這樣是對的，但他也真的心不在了，我沒有辦法選邊，所以我在這裡陪媽，不管她講什麼我還是在這裡。

——字幕——

康平覺得不太舒服，但又無法反駁。

康平：昭君拿個東西吃也太久了吧。（起身）

睦久：欸你不要去，繼續聊嘛。

康平：嗯？

睦久：講一下你的工作啊。

康平：現在？

睦久：不是升上副理嗎？如何？

——字幕——

睦久傳訊息給昭君，

說他絆住了康平。

昭君說謝謝。

睦久一直講，一直講，

他不知道自己講了什麼，

但對於幫了昭君，感到非常喜悅。

五、育幼院

——字幕——
一早起來，睦久充滿力量。

睦久：你有沒有過那種，一起床就覺得自己可以拯救世界的感覺。
　　　我真的覺得，人跟人之間有一個善的力量，因為我們再怎麼
　　　樣，都沒辦法看著同類死去。昭君為了我來看我，這是最近
　　　發生最好的事。

——字幕——
睦久比康平更早到育幼院會場，
院長穿得十分華麗，忙進忙出。

院長：咦你來了？康平呢。
睦久：他等等吧。
院長：我知道王梅君要你過來，但是我們今天邀了很多長官貴
　　　賓——
睦久：喔喔你放心，我不會照她的意思做。
院長：也要她打開心胸啦，不然別人幫不上忙。
睦久：我知道我知道，對不起讓大家麻煩了。
院長：嗯嗯待會聊，我先去忙，啊，等等開場你跟康平一起上台好
　　　了，講到趙先生的時候，好，我先忙。

——字幕——
康平遠遠走過來，
跟院長在花圃旁抽菸，聊了很久。

康平：你來囉？

睦久：你不是戒菸了？

康平：應酬菸啦。

睦久：結束之後你跟我去找院長可以嗎，聊聊改名的事，媽一直糾
　　　結所有跟爸有關的事，我們需要幫助她。

康平：幫助？好啦，你覺得需要的話。我們等等要上台喔。

睦久：要嗎？

康平：給點面子嘛，我們算貴賓。（頓）媽昨天對院長做了很誇張
　　　的事。

睦久：什麼事？

康平：太誇張了我講不出口，等一下上台，算是賠罪。

——字幕——

表揚大會開始，

台下站著滿滿的人。

睦久手腳開始僵硬。

院長：二十九歲那年我被診斷出癌症，從那一刻起，賺錢是假的，
　　　成就是假的，我決定投入一直想做的慈善事業，兩年後，醫
　　　生跟我說，我的癌細胞消失了，上天眷顧我！善念會帶來奇
　　　蹟！然後我遇到最奇蹟、最善良的夥伴，育幼院的創辦人趙
　　　順平先生，今天他的兩位公子也來到現場，我們先邀請趙睦
　　　久先生來幫我說幾句話——

（康平看著睦久，睦久搖手拒絕，康平推睦久，睦久不動，康平走
到台前）

康平：歹勢啦，我哥他藝術家，比較有格調，惜字如金啦，不像我
　　　不學無術，廢話很多，謝謝大家今天過來，我爸爸永遠是我
　　　的榜樣──（康平繼續說但越來越聽不清楚）

──字幕──
台下賓客有人突然掉東西在地上，

（演出的版本以下段落為錄音，但不是唯一詮釋的方法）

志工1：小心一點。

志工2：哪一個是梅君姐的？

志工1：沒有講話那個。

陌生人：那個不爭氣啦。

陌生人：一點都不像他爸，畏畏縮縮。

醫生：他好像平常在畫畫吧。

陌生人：那個沒用啦。

志工2：梅君姐死對頭素芬沒來啊？

志工1：人家早就離婚又再嫁了新生活新氣象。

醫生：王梅君那對母子還在歹戲拖棚啦。

陌生人：玩幾個女人有什麼大不了的嗎？

志工1：王梅君為了錢不離婚啊，選了就認命。

志工2：愛錢就閉嘴。

陌生人：現在講話這個是老趙跟別人生的嗎？

志工2：不是啦。

志工1：搞不好喔。

陌生人：王梅君用的也是老趙的錢，囂張個屁。

陌生人：每天被老婆一直念一直念，才會那麼早死。

志工1：她很可憐啦、我也很可憐啊、誰會每天在那邊講自己很可
　　　　憐、可憐之人必有可惡之處。

（志工交頭接耳個幾句，笑出來）
（睦久突然走到康平身邊，搶過康平的麥克風）

睦久：現在、有人、在講話！

（全場靜默，麥克風的嗡嗡聲）

睦久：這是一個基本的尊重！如果不想參加，今天就不要來，如果
　　　來了，就算用演的，做做樣子，可以嗎！我媽很好！我媽很
　　　好！她比你們都好！（頓）對不起。

——字幕——

睦久離開育幼院。

（哄笑聲）
（康平坐進車裡，把一罐飲料貼著睦久的臉）

康平：喝點熱的。

睦久：謝謝。

康平：你怎麼突然發這麼大的脾氣。

睦久：就聽到旁邊一群在講我們家八卦。

康平：是喔我沒注意，麥克風回音很大。

（沉默）

康平：不過你跟他們認真幹嘛啦，那些退休人士沒事幹才會一直碎
　　　嘴。

睦久：對不起。

康平：不要認真，認真就輸了。（頓）有一些人是不能撕破臉的，
　　　你知道他們背景都滿硬的。

睦久：我要回去道歉嗎？

康平：不用啦，我幫你解釋了。

睦久：你怎麼說？

康平：我說你躁鬱症啊，生病大家比較會原諒你。（頓）醫生也叫
　　　你去看一下。

睦久：可是他們錯在先，有人笑我我不能罵嗎？

康平：不能啊，生氣就是錯的。（頓）回去囉。

——字幕——
康平開著車，
路上經過一家老牌的婦產科。

康平：你在這家醫院出生的對不對我記得。

睦久：對啊。

康平：下次帶昭君來好了。

睦久：（頓）怎麼了嗎？

康平：聽說很多比較不容易受孕的夫妻來看過都順利有了。

睦久：……要生小孩？

康平：她生理期比較亂，不容易受孕，今年一直試，調身體、調作
　　　息，反正就都試試看。（頓）聽說打排卵針會不舒服，真的

遙遠的東方有一群鬼

不行再說。（頓）不然就是增加情趣，看A片，女生興奮的時候比較容易受孕。（頓）後背式啊，女上男下啊，可以比較深入，射完之後屁股下面墊小枕頭，不要讓精液那麼快流出來，也可以增加機率。（頓）她第一個想生女生。

——字幕——

睦久一直想著這句話：

「昭君說她不喜歡跟你上床。」

（這句話一直持續到這場最後）

（以下對話睦久的聲音都是錄音）

康平：你怎麼了？

睦久：沒事。你們是明天回去嗎？

康平：本來是明天，但昭君想早點回去，今天吧。

睦久：怎麼了嗎？

康平：我也不曉得，你問她囉。（頓）你還好嗎？（頓）我想吃市場的陽春麵，我先送你回去，再繞過去買，你想吃嗎？

睦久：想。

康平：靠，這個紅燈，要等超久的。

睦久：我今天啊，本來以為我可以拯救世界的。

六、睦久回到家

（梅君愉快的笑聲）

梅君：哈哈，好啦，謝謝啦，掰掰。

——字幕——
睦久回到家，看到梅君非常開心。

梅君：剛剛有個以前的孩子打電話給我耶。他小學的學費是我認領
　　　的，其實很便宜啦，他現在是科技業的中華區經理，好有成
　　　就！我就看他特別聰明，很不一樣。
　　　我問他說怎麼會打給我，他說他最近在回顧人生，覺得對幫
　　　助過他的人一直沒有好好道謝，應該要表示一下，他說要送
　　　一些滴雞精過來，我就說不用，留給更需要的人，但他還是
　　　堅持啦。現在心地這麼純樸的很少了，他還知道一些獲利特
　　　別高的基金，我就幫你買了好幾支，這樣到你六十歲每個月
　　　都有三四萬的淨利欸——

睦久：你把錢轉給一個陌生人？

梅君：他不是陌生人啊，他是我幫助過的孩子。

睦久：你遇到詐騙了。

梅君：怎麼可能，我是他恩人耶。

睦久：因為你好騙啊。

梅君：他騙我有什麼好處？他一直記得我欸，哪像你們有事才回
　　　來。

睦久：好——（轉身要走）

梅君：你幹嘛去育幼院。

睦久：你要我去的啊。

梅君：我叫你去你就去，我叫你去吃屎你也去吃嗎？

睦久：我會直接說我不吃，但王康平會一邊哄你說他去吃，一邊跟

別人說你叫他吃屎超好笑。（梅君瞪著睦久）

睦久：對不起，我只是希望你對我公平一點——（想拍拍梅君）

（梅君暴怒地拍開睦久的手）

（昭君進）

昭君：你又惹媽生氣啦？

——字幕——

睦久邀請昭君進房間聊聊。

他道歉。

（兩人在房間內，聲音都是錄音，一切的細節都被放大）

昭君：怎麼了？幹嘛突然要道歉？

（睦久敲著桌子之類的傢俱）

睦久：我給你造成很多困擾，但你還是一直幫助我。

（昭君拉開椅子，坐下）

睦久：我自己上網查一些資料，我發現那是移情作用，我太依賴你
　　　了。

（昭君喝水，放下水杯）

睦久：因為我的關係，害你放棄心理師的夢想，我想清楚了，我們之間不是真的，我一廂情願，你又不忍心傷害我。

（頓）

昭君：哎，不是這樣。

（昭君靠近睦久，整理他的衣服）

昭君：就算在家你還是要穿暖一點，你容易感冒。
睦久：康平會照顧你我就放心了。
昭君：對不起，你知道我比較懦弱，想要一個安穩的家。
睦久：我沒有怪你。
昭君：而且我沒辦法跟你媽相處。
睦久：我知道，康平還是可以保持距離，偶爾回家裝一下孝子就好。
昭君：你不用覺得你對你家有義務。
睦久：沒辦法，我不回來誰要回來？
昭君：嗯——
睦久：我不在家讓她罵，她會一直打電話給你們，對吧。
昭君：唉，（沉默）你長得好可愛。
睦久：謝謝你。
昭君：我是說真的，一定很多女生喜歡你。
睦久：你也是嗎？
昭君：嗯，我喜歡你。

（睦久跟昭君擁抱）

（昭君親吻睦久的臉跟嘴唇）

睦久：康平說你們想要明年生小孩？
昭君：嗯？（尷尬的笑）還不確定啦。
睦久：可是你笑了。

——字幕——
睦久關掉錄音，他推開昭君。

（只見兩人強烈大吵、推擠的身影）
（康平進門）

——字幕——
廁所馬桶的積水滲漏出來。

康平：（對著手機）媽，我離開之前還是叫個水電師傅好了，馬桶
　　　還是塞著。

（昭君離開房間）

康平：要吃麵嗎？
昭君：（生氣的）走了走了，回去了，現在。
康平：怎麼了？
昭君：我受不了了！

（睦久衝出房間）

康平收到一個錄音檔。

睦久：康平，聽這個錄音檔。

康平：這是？（將手機放在耳邊）

睦久：剛剛我都錄下來了，我知道每次只要我想結束，你就會緊抓
　　　著我不放。

昭君：（急著解釋）啊？這個東西是——我知道他狀態很差，不能
　　　刺激他嘛，這不是真的，你怎麼還偷錄真的好奇怪喔（笑），
　　　我不敢說實話，他有病，他媽不是說他有病嗎，是真的，我
　　　們不能為了他的自尊心，一直堅持說他很正常，他真的是神
　　　經病，幻想有人跟他談戀愛，有病就要看醫生，以我的專業
　　　來說，你有躁鬱、飲食疾患以及被愛妄想症，你以為這是愛，
　　　這不是，（對著睦久）睦久，我真的好擔心你，你已經開始
　　　出現幻想跟幻聽了，真的不能再這樣下去了，為了你好，我
　　　介紹你去我學長姐的診所，會好的，你不要擔心。

（三人沉默）

睦久：（憤怒）康平你聽到了，昭君說她喜歡我，她就是一個軟弱
　　　又自私的女人！

昭君：（哭泣）康平，我待不下去了，他們家好瘋，我們走吧。

睦久：她背叛你！

（康平拿著手機）

康平：我——（頓，生硬的）我什麼都沒聽到欸。

睦久：你有！你什麼都聽到了！她還親我！

康平：我真的什麼都沒聽到。

昭君：你哥生病了。

（睦久衝上去抓住康平）

睦久：你明明就聽到了！

康平：你冷靜一點。

睦久：你怎麼可以這樣！

康平：哥，你要看醫生還是去療養院，我都出得起。

睦久：你們才有病你們才要看醫生。

康平：我知道爸媽這樣，你從小就幻想有人愛你，我了解。（頓）
　　　可是昭君不愛你。

睦久：（哭泣）你明明聽到了。

昭君：對不起，睦久，讓你有這個誤會。

康平：我們先走了。

——字幕——

廁所的積水漫了出來。

（梅君進場）

梅君：這個廁所怎麼會一直堵住？睦久怎麼了？

（睦久大哭、嚎叫）

康平：媽我們先回去了。

梅君：你們要走了？睦久怎麼了？

康平：媽，他真的生病了。

梅君：醫生說的嗎？

康平：他精神有問題。

梅君：什麼問題？

康平：跟爸一樣，媽，你很辛苦，我會幫忙。

（護衛著昭君匆匆離去）

梅君：不留下來吃晚餐啊？還是剩菜要打包帶走？下次什麼時候回
　　　來啊？

康平：（遠遠的）沒關係！

（兩人離去）

——字幕——

廁所的大水漫出來，睦久被淹沒了。

七、離開後

梅君：（撫摸睦久的臉）你還好嗎？（頓）剛剛發生什麼事了？
　　　為什麼康平他們要先走？你們怎麼了？吵架了嗎？（擁抱睦
　　　久）你說話啊，不要不說話，很嚇人，發生什麼事，跟媽媽
　　　說⋯⋯

（梅君緊緊擁抱睦久，非常擔心）

睦久：（絕望的）我可以說嗎？

梅君：媽媽在，你說。

睦久：（絕望的）我說完你可以繼續抱著我嗎？

梅君：當然。

睦久：昭君愛我，我愛昭君，她現在不要了。

梅君：昭君？

（沉默）

梅君：（放開睦久）你這樣是不對的。（頓）你怎麼會做出這種事？
　　　啊？為什麼？

睦久：我不是故意的。

梅君：你們有怎樣嗎？你這樣是違法的！我要怎麼面對康平！
　　　（頓）你就是你爸的兒子，才會喜歡一些不正常的感情，你
　　　們一樣髒！為什麼又要這樣傷害我，為什麼你就不能像其他
　　　人一樣好好的⋯⋯

睦久：（突然粗暴的擁抱母親）媽，抱我。

梅君：你幹嘛！

睦久：抱我。（用力壓倒母親，將臉埋進母親的脖子、乳間、扯她
　　　的衣服，彷彿要強暴她，梅君大聲尖叫）

梅君：變態！變態！你是我兒子！走開！走開！

（梅君掙脫睦久，梅君推倒睦久，睦久倒在地上，似乎昏倒了）
（梅君打電話）

梅君：（哭喊）喂，警察局，我兒子要對我施暴，他要強姦我，趕
　　　快來抓他。

——字幕——
睦久拿起花瓶。

梅君：啊……啊……

——字幕——
睦久繼續打。
繼續打。
梅君不動了。
睦久看著母親的屍體。
看著看著，
應該是吃飯時間了，
睦久感覺到餓。

梅君站起身，
走到冰箱前，
打開冰箱。

梅君：你要吃什麼？

——字幕——
睦久看著梅君。

梅君：怎麼了？

（頓）

（警車的聲音）

梅君：康平他們走太趕了吧，趕投胎喔，剩菜一堆。

（門鈴聲響起）

———字幕———

睦久心想，他需要看醫生。

睦久：媽，我好像生病了。

———字幕———

劇終。

鎮上很快知道趙家兒子生病的事：
「精神問題來自爸爸的遺傳。」
「媽媽這麼愛他，怎麼會這樣。」
「太有錢會出問題，小康就好。」
「發瘋是小事，梅君的善行一定化解了更大的災厄。」
「我比他更苦，我都沒事。」
趙家人不會去聽這些議論，
反正生病，只要吃藥、休息，
一定會好的。

—全劇終—

《遙遠的東方有一群鬼》演出資料

演出團隊：四把椅子劇團

重寫原型：亨利・易卜生《群鬼》

編劇：簡莉穎

導演：許哲彬

演員：姚坤君、竺定誼、王安琪、林家麒

製作人：蘇志鵬

舞台監督：張仲平

舞台設計：廖音喬

影像設計：王正源

燈光設計：徐子涵

服裝設計：李育昇

音樂設計：柯智豪

聲音設計：洪伊俊

平面設計：李銘宸

導演助理：王識安

妝髮造型：鄭泰忠

影像設計助理：黃詠心

舞台監督助理：周賢欣

舞台技術指導：許安祁

燈光技術指導：陳人碩

音響技術指導：顏行揚

執行製作：吳可雲、鄧名佑

首演

—2017 歌劇院巨人系列—

演出時間：2017 年 12 月 16 日—17 日

演出地點：台中歌劇院中劇院

加演

演出時間：2018 年 1 月 26 日—28 日

演出地點：新北藝文中心演藝廳

《遙遠的東方有一群鬼》創作起源

「重寫經典計畫」的第二部，瞄準了易卜生的《群鬼》。

同時做原創也做改編，原因是真正的原創很困難。某種程度來說，所有戲劇都是依循前人的基礎而做的模仿。核心一直是不變的，但就是那包覆於核心之外、隨著時代地域變化的東西，決定了這個劇本是否成立。其次，重寫、改寫過去的劇本，我覺得其實也是一直在回應「身為當代的劇場工作者」這個身分。身為戲劇系或外文系的學生，在求學階段都念過這些劇本，可是演出勢必得回應當下——為什麼要做這齣戲？感覺到什麼？想說什麼？這個當下都不是旁人，而是創作者自己。除此之外，面對經典時，也應該面向當代的觀眾，從他們的角度思考。我們一定要面對這些問題，而不止是，嗯，它似乎是個經典劇本，如此而已。

《三姐妹》的改編，是我第一次嘗試以「寫實獨幕劇」重寫經典。《群鬼》則是在原作與改寫間，為保留「文學改編」的特質，使用「字幕」呈現角色許多不能說出口的話。我試圖使用我在當代戲劇中，接觸到的許多不同的敘事結構，原因在於結構某種程度上也決

定了這個故事該怎麼說。形式與內容必須相輔相成，結構上怎麼放置就是這個劇本的形式。比如契訶夫的四幕劇是因應當時演出習慣，莎士比亞多半都會有一組主線、一到二組副線，讓這兩條線輪流出現，以推進時間跟改變地點。雖不一定每次都成立，但仍會想去嘗試不同的敘事手法，回應不同的內容自然就會對應不同形式。

附
錄

從創作到製作

簡莉穎與許哲彬的劇場行旅

主持／撰文　郝妮爾

訪談時間　2018 年 3 月 19 日 11:00–13:00

簡莉穎
╳
許哲彬

合作劇目

2014

- 莎士比亞的妹妹們的劇團《羞昂 App》超有梗加演
  編劇╳執行導演（加演：公館水源劇場）
- 果陀劇團《五斗米靠腰》（首演：信義新光三越百貨）

2015

- 四把椅子劇團・重寫經典計畫 I《全國最多賓士車的小
  鎮住著三姐妹（和她們的 Brother）》（首演：國家兩廳
  院實驗劇場｜巡演：彰化劇場藝術節・員林演藝廳小劇
  場）

2016

- 四把椅子劇團・重寫經典計畫 I《全國最多賓士車的小
  鎮住著三姐妹（和她們的 Brother）》（巡演：台南藝術
  節・台南文化中心原生劇場）
- 耳東劇團創團作《服妖之鑑》（首演：公館水源劇場）

2017

- 四把椅子劇團《叛徒馬密可能的回憶錄》（首演：TIFA
  台灣國際藝術節・國家兩廳院實驗劇場｜加演：公館水
  源劇場）
- 耳東劇團《服妖之鑑》（加演：台灣戲曲中心）
- 四把椅子劇團・重寫經典計畫 II《遙遠的東方有一群鬼》
  （首演：台中歌劇院中劇院）

2018

- 四把椅子劇團・重寫經典計畫 II《遙遠的東方有一群鬼》
  （加演：新北藝文中心演藝廳）
- 四把椅子劇團・重寫經典計畫 I《全國最多賓士車的小
  鎮住著三姐妹（和她們的 Brother）》（加演：公館水源
  劇場）

在創作裡生活，在生活中創作

Q：先請兩位談一下彼此認識的經過。

許哲彬（以下稱許）：最一開始認識，是去看簡莉穎的大學畢製《甕中舞會》（2009）。那個時候全世界的人都說要去看。不過實在太久以前的事了，我記憶力很差，只記得看完覺得：「哇，好厲害喔，果然名不虛傳。」

簡莉穎（以下稱簡）：哪有啊，我就只是因為雞首跟牛後的差別（兩人大笑），沒有啦，現在文化大學好很多了，我說的是我那時候。當時我跟哲彬還沒有太多交集，後來是莎妹劇團主辦、魏瑛娟策展的「小美容藝術節」（2012），她找來六個藝術家一起工作──但我們也不算真的有「合作」到，因為是不同組的。看了哲彬的作品之後也覺得很不錯，是當時備受期待的年輕創作者。

許：真的開始頻繁聯絡，差不多就是我去英國念書之後吧。因為我當時去英國很低調，除了四把椅子的團員之外只有跟三個人聯絡：蔡柏璋、李銘宸，還有莉穎，只有他們三個是我朋友（大笑），或者說，是我劇場唯三「純創作」的朋友，撇開演員不談的話。

簡：因為不同的職位會有不同的顧慮，關心的事情也不太一樣。

許：對啊，相較之下，台灣演員為數眾多，我感覺他們滿像一種互助會的型態，一見面就會聊最近排什麼戲、接什麼案子？但是——編劇就不用說了，台灣幾乎沒有幾個編劇，他們都是獨立創作；導演的話，見面大概只會說聲嗨，不聊創作，也不太會提到上次看對方的戲之後感覺怎麼樣。

Q：是在何種機緣底下開始了第一次合作？

許：我從英國回來不久後，莎妹就問我要不要去幫忙《羞昂 App》第二版的排練？當時我是執行導演，這大概就是我跟莉穎第一次一起工作吧。

簡：其實我跟哲彬最早一起做的戲，像是 2014 年莎妹的《羞昂 App》、果陀的《五斗米靠腰》，都不太能說是「合作」，比較像是我們上了一輛車、然後合力將它開往目的地。它們的商業成分都是比較重的，我在寫劇本的時候要不斷思考這個到底好不好笑？只要好笑就對了，不太能用自己的意志進行創作。所以真正說起來，我們的合作是從《全國最多賓士車的小鎮住著三姐妹（和她們的 Brother）》（以下簡稱《賓士車》）開始的。我們平常就會聊一些戲，2013 年我提到日本導演平田織佐在台北藝術節的《三姐妹－人形機器人版》，覺得他用新的框架重寫，卻更貼近契訶夫《三姐妹》的核心，然後哲彬也

跟我聊了當時在英國看的《三姐妹》（2012），由澳洲導演 Benedict Andrews 改寫。

許：對，越聊越起勁，也成為我們日後合作的契機，後來我們做的《三姐妹》，某種程度上也是在向這兩位導演致敬。

Q：兩位住同一間公寓、合作同一齣戲，生活與工作都長時間相處在一起，會不會比較容易發生摩擦？無論是生活上或者是創作上？

許：在《賓士車》演出前我們就一起合租公寓了。那個時候我剛從英國回來，她也剛好在找房子，朋友一揪就自然而然住到現在。摩擦喔？想起來，好像也沒有什麼特別的⋯⋯

簡：我覺得會有工作摩擦，除非就是兩個人想要去的方向很不一樣，可是我們對於要做的事情滿有共識的。就算真的有什麼不愉快，頂多就是趕劇本的一些時間點啦（兩人大笑）。我其實很難想像劇場要怎麼大吵欸？因為那不會幫助問題解決啊。只要兩個人想去的方向是一致的話，都是可以溝通的，如果價值觀不同，那一開始就不會開始合作了吧。

許：我覺得那也是因為我們不會把這種東西變成「摩擦」啦。比如說她劇本 delay——可能因為我以前也有這樣的經驗，知道從零開始就是最難，寫作是無法被量化的事情，有時候可能三

天就能產出三個月的量，也有可能三個月都寫不出什麼。卡關的時候我當然還是會著急，可是如果讓對方知道全世界都在等她，這沒有用啊，她已經坐在那邊，面對著 Word 檔苦惱了。說到這個，莉穎真的是在任何一個地方都可以寫劇本，坐捷運的時候也可以。

簡：因為寫劇本的時候就會一直想嘛，某個台詞還沒寫完就會在腦中活跳跳的，打開就再寫幾個對話。對於創作的主題，我跟哲彬是有共識的。舉例來說，我們都好奇人的複雜面向，那些非黑即白之外的灰色地帶會發生什麼事？

Q：若說討論人的複雜面向是兩位所關注的核心價值，那麼用來包裹這層價值的外衣即是文本與對話了。哲彬過去也有寫劇本的經驗，更能理解創作的艱難，站在這個角度來看，你認為莉穎的劇本最吸引你的特質是什麼？因為你們生活密集相處之故，會不會在她創作過程中給予一些建議？

許：目前這三、四年合作經驗看下來，我在劇場文本方面，確實從她那裡看見很多我希望看到、聽到的「人話」。莉穎的強項就是對白，我認同有些劇場表演需要「詩意」的台詞，可是我自己在做的時候不會往那裡走。

簡：談到詩意，我認為台灣劇作目前真正做到詩意文本的，只有田啟元的《白水》（1993），還有王嘉明的《理查三世》

（2015）──是符合聽覺韻律的。很多標榜著詩意的劇本，演出的時候連聽都沒辦法聽懂。劇場是一種聽覺的文本，你不可能在聽完之後還不知道發生什麼事。

許：畢竟文字跟語言是不同的事情。就這點而言，我認為莉穎是現今少見能夠寫出自然對白的劇作家。而且她願意進排練場跟排，一發現問題就可以立刻更改。我舉個例子，像是演員在念到某段台詞的時候，會覺得這段跟前面累積的角色情感銜接不太起來，這種時候我大概知道也許是她前面改過了一些設定、後面忘了調回來，就跟她討論看看可以怎麼改。不然整體來說，我是不太會在她寫劇本的時候一直干涉她的創作，真的不會。

創作的限制，導演的抉擇

Q：在目前合作的幾齣戲當中，可以發現莉穎的文字有很鮮明的色彩，相較之下哲彬的導演風格則看不太出痕跡，也常常有評論人說哲彬導戲「不炫技」，皆因於此。對此，你們怎麼看？

簡：我覺得有些戲可以看到很複雜的導演手法，那其實跟內容無關，檢驗的標準在於，這一個形式是不是可以套在每一個劇本上？如果不管什麼劇本，形式都一樣，那其實比較像「秀」，

如果是劇場的話，我認為還是要回到「人」的身上。劇本並不是好看的文字，劇本是關於人，同樣的導演也不止是好看的形式，要說什麼、怎麼說，本來就是一起思考的。哲彬有一個強項就是他能夠讓內容跟形式走在一起，會在排戲的過程中賦予這個素材專屬的形式。寫劇本也是這樣，每一個素材都會有不同的結構，不會是以我的意識形態為優先。

許：說到導演風格，當然是有的，因為風格就是一個人的個性。可是導演——特別是劇場導演——最重要的工作是去跟每一個人溝通，讓所有創作者能夠一起創作，使所有人的風格可以跟導演的風格融合在一起。所有的創作都是被侷限才有辦法做的事情，而我認為劇場導演的侷限是最大的，他在想的就只是如何面對眼下的狀況，所要面對的不只是劇本，還有人、還有預算……很多時候大家都會問我怎麼做這個選擇的？其實許多脈絡都是和現實條件的限制有關。舉個例子：《遙遠的東方有一群鬼》有一個「院長」的角色，是用配音呈現，很多人就討論為什麼使用配音？因為最一開始我跟莉穎討論過只要四個人的角色，可是她寫一寫發現需要第五個，但我沒有錢跟時間再找第五個演員了，就是這樣啊。

簡：當時就想說「啊，可以用錄音的啊？」那乾脆再來個第六個、第七個角色吧（大笑）。剛剛提到限制，編劇也有編劇的限制啊，比方說在寫之前就要考慮到演員的人數、或者是劇場空間，跟影視畫面比較起來，我當然不可能寫出什麼千軍萬馬的

畫面。至於每一場演出的創作是怎麼開始發生的？嗯……我們平時也不會特別做什麼「規劃」，有原創的點子就寫原創，有改編的想法就改編。像是《服妖之鑑》，是為謝盈萱寫一個只有她能演的劇本，因為她真的很帥；或者像前面說的《賓士車》，我們都看了很棒的改編版本，不會像之前看的經典版本睏得要死，所以有了新的啟發。後來就想說，既然都做了契訶夫的《三姐妹》，不如就朝易卜生去吧？

許：有一種寫實主義脈絡上的理所當然，因為他們都是念戲劇的時候一定會讀到的劇本。

簡：對啊，寫實主義通常都是比較好改的，因為我感興趣的是「重寫」，以相似的人物、處理當下的核心問題，通常原劇提供越多厚實的基礎，越容易被重新揉捏。寫實主義要思考的是如何和現代對應，人性基本上都是共通的嘛。比方說在寫《賓士車》的時候，考慮到裡頭弟弟的角色要去工作，我很自然就會把身邊聽過的例子放進來，所以也不是說要刻意放入什麼兩岸的意識，都是順其自然的結果。

Q：哲彬在舞台呈現時的考量為何？

許：導演有很多的決定也只是順著劇本的結構走。像是《賓士車》本身就是一個完整、封閉、飽滿的獨幕家庭劇，而且我們一開始就打算向平田織佐、契訶夫致敬，所以很快就決定要做一個

寫實劇。於是，跟設計第一個討論的問題就是「要做到多寫實？」雖然是寫實劇，但我直接就提出不想要在舞台上看到房子的結構，我覺得那很假，這本來就是做寫實主義矛盾的地方，舞台倘若越寫實，看起來可能越假，所以後來我們決定不要有房屋結構，只有傢俱；以及沒有燈光變化，只有開始的燈亮和最後的燈暗。這就回到我對劇本最一開始的感覺：真實。換句話說，我思考的脈絡就是——在無法達到真實的狀況之下，要如何避免虛假？

至於《服妖之鑑》，最有挑戰的地方就是場景一直跳，然後每一場又很短。我的直覺是如果場景多，那就以空台為概念出發。這劇本有趣的地方是，當初各個設計看完之後，所有人給出的想像是南轅北轍，這是我目前遇過大家對劇本想像差最遠的。比方說音樂設計（柯智豪）一開始給的音樂是走一個陰陽師的路線（笑），可能直接環繞在「服妖」這幾個字的意象上。舞台設計則是拔河拔最久，起初他給了一個水墨大牆，裡頭蘊含某些禪意。設計們的思考跟導演永遠不一樣——

簡：他們也有自己的美學想要傳達。

許：對，他們可能比較不會直接想到調度、換裝、區位……這些事情，可是我覺得這些都是溝通上的藝術。每次面對的設計不一樣，他們的背景都不一樣，所以我要不斷切換溝通的方式。

Q：《賓士車》與《遙遠的東方有一群鬼》都是寫實劇，不過呈現

的方式很不同，這是基於什麼考量？

許：《遙遠的東方有一群鬼》有趣的地方，在於它也是從限制來的。
　　拿到劇本之後，我就覺得不妙，因為莉穎都是寫雙人戲，而且
　　是坐著都不動的戲，可是現場演出的場地很大。所以後來乾脆
　　走反拍，怕大家看不到，我就讓你們一定都會看到，並且把表
　　演區放在下舞台，最靠近觀眾的位置。這次的設計們就很有共
　　識，全以「黑」為出發。另外，雖然說這齣戲也很寫實，可是
　　我們不打算直接以寫實的方式呈現，既然以「黑」為核心概
　　念，我就把舞台的角落作為角色內心空間的連結。最後，就是
　　思考劇本所提到的字幕該怎麼呈現的問題？我決定是直接用字
　　幕機，那字幕就像是上帝一樣的存在，不管現在有沒有講話，
　　他都應該在那。有沒有字幕差很多，因為字幕的存在，讓觀眾
　　跟角色有一種更疏離的感覺。

簡：我加入字幕的原因是，《遙遠的東方有一群鬼》這劇本裡藏著
　　很多祕密，跟《賓士車》不一樣，雖然《賓士車》也有很多祕
　　密，可是那比較偏向無傷大雅、我們每個人都心知肚明只是都
　　不說破的。但《遙遠的東方有一群鬼》的祕密是我不知道你不
　　知道，展現出來的都只是我們的推理。說穿了，畢竟華人不像
　　西方人那樣，可以滔滔不絕地講話，然而易卜生與契訶夫的角
　　色每個人都是滔滔不絕。因此對我來說，怎麼樣在角色上去反
　　應他們都有話沒說出口？是在處理這樣家庭關係中的困難，所
　　以才會選擇使用字幕。另一部分也是因為這是文學改編——感

覺這樣好像也能賦予一些文學氣質吧？（大笑）也讓字幕變成推進角色內心的方式。

從學院到業界的斷層

Q：兩位都是科班出生的，離開學校這麼多年，現已處於一個全職的創作者／導演的身分，能否聊一下這之間的經歷？

簡：戲劇系其實就是西方戲劇系，我們一直在追趕許多已經發展到極致的西方劇場作品。當然我覺得那些都是很好的，不過隨著不斷閱讀、看戲跟參與社運——我越來越強烈感到我需要「反應自己當下所感知的事物」。閱讀跟演出是兩回事，演出還是會問自己「我為什麼要演這個？」「這是我現在想說的話嗎？」學校訓練有好有壞啦，比如說在北藝大，演出是不太能夠改編原作的時空框架，可以讓我們想盡辦法靠近、理解當時的時空背景。但往另一方面想，如果一直演這些的話，我們是沒有辦法累積自己的東西的。

許：另外一個問題，就是老師與業界是否還有所往來？還是他們在自己的專業、戲劇領域上仍停留在二、三十年前的認知，並沒有進步，也不太關心外面狀況、不太看戲？劇場是一個與時俱進的表演藝術，如果沒有跟著時代走，只坐在教學的位置上

面，那就只是單純握有權力而已。這樣的狀況，會持續讓真正在創作的表演工作者無法走進學校。可以問問我們這個世代的劇場人，想不想進去教書？一定都想，因為那會讓我們更穩定，可是都進不太去。

簡：我覺得某方面來說，學院的老師們因為大部分都是留學的關係，而且多是歐美那一套，回到台灣就直接教。但我們不可能照單全收，藝術本身就要考慮各個不同地方的風土與脈絡。我念書時，西洋戲劇、中國戲劇創作課都有上，可是怎麼「開始創作」我並不明白。整體教育感覺仍只是在單純介紹國外的種種，缺乏本土批判性的思考，覺得哪個流派很酷就去參考。可是所有流派一定都是跟當時的社會密合、有脈絡可尋。這些東西回到自己的國家該怎麼看待？所以常常不知道這個演出為什麼要發生？我們為什麼要創作？可能也是因為這樣，我一直覺得在學校沒有學夠，所以畢業之後就接了很多 case，也沒想那麼多，什麼都試看看。現在在地意識抬頭，狀況是有漸漸變好。

許：像四把椅子劇團也是，我們就是大學做課堂呈現都會一起做，要畢業的時候也覺得：「欸？好像可以再做一下。」就正式立案。我覺得這是很自然的事情，尤其是對學院畢業的人來說，如果你對創作還有熱情、還有能力，一畢業會繼續做下去，反而是因為在學校的時候不會學到「現實層面」的事情。在台灣的學院裡不管教得好不好，都是在教創作，而非「製作」，所有人都是出了學校之後才邊做邊學。

在學院最接近製作的經驗大概就是「學期製作」了，學校很常都用「熱情」來教我們做事，可是熱情撐不久啊，未來充其量就是出現在每年的藝穗節吧。但是一出學校，我們馬上就要面對人力資源的問題，每一個人都是一筆開銷。講得更直接一點，台灣學校沒有所謂的「建教合作」。在英國念書的時候，我那所 Drama School 會把每個專業領域都分得非常細，學期末演員便面臨到所謂的 Showcase，老師會軟硬兼施要演員演某一劇本的某一段落，期末演出時會有很多業界的人來看，並「買下」這些演員，你得想辦法將自己推銷出去。這就是很有意識地與業界做結合。另外一個例子，我在英國上了一門課叫做 Cultural Landscape——文化地景，其實就是在上劇場行政課——這堂課要我們全班跟另一個培訓製作人的研究所一起上課。第一堂課就「交換」：我們創作組的人去做製作、製作的人來做藝術，做完兩週後我們就相安無事了，更能了解彼此。另外，這堂課我們還要找到三次實習機會，以任何一種形式都可以，老師會一直推，使你去跟這個城市的人產生關聯，而不只是發發講義而已。不過台灣的學校比較像是行政鑑賞，或者是單純教你寫企劃書。

簡：沒錯，這就比較難有實作的感覺。因為我們在課堂上就只是看你文筆好不好，然後老師就會給你過。我覺得戲劇系應該要當成服裝設計系那樣，非常需要實作。可是現在狀況是，在學校我們幾乎不太容易遇到什麼挑戰。學校資源很多，有舞台、有排練場，而且當時還是學生，很願意做一些免錢的事情。

許：重點就是人事費，出來之後才會發現原來人事是最大的花費。特別是這幾年勞動意識抬頭，人事的支出增加，我從經營劇團的角度來看，會更有感覺。剛畢業的時候，無論是我們去接外面的工作，或者是同學之間做戲互相幫忙，都不知道拿多少、給多少才是合理的，有時候可能只拿個紅包，或者是乾脆沒有拿錢，就像學校之前教的，用熱情在做事。隨著待在這裡的時間拉長，許多人也慢慢把劇場當作兼差、或者興趣的心態調整為：視此為一份全職工作，變得更嚴肅、專注，也就更在乎費用的問題。像這些細節，也都是我們離開學校以後才會碰到的。

撕不下的「新銳」標籤

Q：至今都還是能看見媒體、評論者將兩位稱為新銳劇作家／導演，就此，請兩位聊一下是怎麼看待「新生代」這件事？從自己剛踏入劇場開始、走到此刻的成績，對於整體環境有何想法？

簡：「新銳」這個詞，從我第一齣戲出來就被這樣稱呼，一直到現在都是，大概十年了吧。我覺得有很大一個原因，是緣自沒有明確的「下一代」出現。

許：我覺得這是因為縱觀整個台灣戲劇史，好像也拉不出什麼光
　　譜，或者特定的美學風格、環境產業的轉變。有另外一個問題，
　　就是劇場實在太小眾了，你現在隨便拿一個中生代劇場人的名
　　字到路上去問，即便他在劇場界已經累積了一定的知名度了，
　　也大概不會有人聽過。「新銳」這個標籤，其實也代表著大家
　　對於年輕人有無限多的期待，卻有無限多的不信任，像一道防
　　火牆，在說：「他們是新的喔，他們很有創意喔，可是他們很
　　有可能會做不好喔，你們要原諒他們」的一種思考。

簡：聽起來好像也滿不錯的？（兩人大笑）

許：如果以心態來說我覺得 OK，可是以現實來說我們就會相對得
　　不到資源。以現在看來，我們能夠得到的資源當然是比過去好
　　很多的。現在有很多特別給予年輕藝術家的創作平台，「新人
　　新視野」就是很好的例子，有時候光是「免場租」這點，對新
　　人來說都是一筆不小的資助；但若相對於較具規模的藝術節或
　　場館邀演而言，能夠給予的製作成本相對是低很多的。除此之
　　外，現在可以看到一些「套餐型」的策展模式，將兩齣劇目合
　　成上下場來演出，某種程度也反映了資源分配者如何看待「新
　　銳」的心態吧。這也回到我之前提到的，被貼上「新」的標籤
　　不是絕對不好的，但是我們製作費勢必會影響人事調度，可能
　　因此就要擠壓對方的費用、或者是沒辦法請到專業能力相對更
　　好的人，這就是成本上的折衷會造成的影響。講到最後還是回

到整體環境的問題，所有事情都是環環相扣的，也是我們「這一代」的藝術家首先要面對的問題。當然啦，我的意思是如果真的能夠區分出所謂的上一代、下一代的話。

簡：台灣的戲劇發展如果真的有所謂的「上一代」的話，我心中的標竿還是田啟元，我覺得他是真的有在思考，而且具有批判性，又可以融合傳統戲劇，他將劇作變成一種傳達自己意志的媒介，同時擁有韻律感，也確實能夠在劇場中發生——他的劇本是有表演性的——讀他的劇本時腦中會有聲音畫面，我覺這是判斷是不是好劇本的標準。戲劇要處理的還是「人」，演完過後要能留給觀眾綿延不絕的感受，所以我自己在寫的時候，會更注重時代底下人物的苦衷。這也是我們接下來想要繼續嘗試的方向，就是在大時代底下的小人物樣貌。台灣的歷史文化即便短促，也還是有很多能夠討論延伸的空間。●

—— 花絮 ——

訪談結束後，簡莉穎與許哲彬仍一搭一唱地聊著：
簡：我覺得好多人都期待看到我們工作上的衝突喔……
許：對啊，結果都沒有，是不是應該掰一個。

舞台場景：

一個房間。

劇中人物：

本劇至少可由三名演員、至多不限演出人數。

不同段落的角色可由同一演員飾演，或者每一段落皆由不同演員飾演。

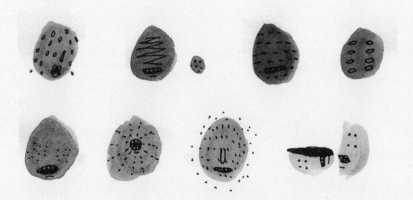

一男 ✗ 一女

∙ ∙

（一男一女，男生一身輕便，女生背著包包進房間。女生把包包放下，環顧一下房間）

女 ：那我先去洗澡。

男 ：好。

女 ：我先洗你再洗？

（女往浴室走一兩步，轉身背起包包）

女 ：我想把衣服放在裡面。

男 ：我不會動你包包，放心啦。

女 ：嗯嗯。

（女在浴室脫衣服，此時男敲浴室門）

男 ：可以一起洗嗎？

女 ：蛤？

（女開門讓男的進浴室，兩人有點尷尬的笑）

男　：我怕你趁我洗澡跑掉。

女　：我不會這樣。

男　：因為之前有發生過，保險起見。

（兩人各自默默洗澡，女生快速洗完）

女　：那我先出去。

（女生圍著浴巾出去打開電視，吹著頭髮。男生圍著浴巾出來後，女生將吹風機遞給他，女生坐在床沿看電視）

（男生吹完頭髮）

男　：你覺得要把電視關掉嗎？

女　：可以啊。

（男生關掉電視，女生坐在床沿）

女　：要怎麼開始？

男　：嗯？

女　：我沒有約過。

男　：我也沒有。

女　：是喔。

男　：你是第一個願意跟我出來的。

女　：嗯。

男　：女生很少男生很多，大部分根本不會回，不然就是要收錢。

女　：收錢？

男　：幾千這樣，有一次我約了要收錢的，先轉帳給她，但換過照
　　　片之後她就沒回我了。
女　：那你的錢……
男　：就自認倒楣。
女　：不過你竟然會被這種手法騙，這一聽就是詐騙吧。
男　：就終於有人回我嘛。
女　：你也沒有很醜啊。
男　：是嗎？真的？
女　：但也不是帥的。
男　：對啊。

（停頓，男生在女生旁邊坐下）

女　：你這樣約多久了？
男　：跟之前的女友分手之後，三四年了。
女　：三四年都約不到？
男　：約不到，只好自己來。
女　：你可以去找妓女。
男　：我不敢。我怕得病。
女　：還好吧，妓女也會怕得病啊，都會很保護自己。
男　：我不敢啦。

（沉默一陣，男生看著女生，兩人對視，笑了一下）

女　：難怪我一上線就一堆人丟我。
男　：你只要寫你是女的就會有一堆人丟你。

女　：這麼缺。

男　：很缺啊。我有用女生的身分登入過，訊息超多的收不完。

女　：那你可以約男的啊。

男　：那只是登入看看好玩啦，我又不喜歡男的。

女　：試試看嘛。

男　：不行啦無法接受。

（男生放了俗俗的浪漫水晶音樂）

女　：這是幹嘛？

男　：我想說這樣比較有感覺。

（沉默一陣，男生親吻女生，兩人撫摸彼此）

男　：你可以幫我舔嗎？

女　：不要。

男　：那我可以舔你下面嗎？

女　：嗯。

（男生幫女生口交，確定夠濕之後，套上保險套，兩人性交。做完後躺在床上，女生頭枕在男生手臂上，但兩人並沒有依偎在一起）

男　：之後還可以約你嗎？

女　：可以啊。

男　：我覺得你滿可愛的。

女　：謝謝。

（頓）

男　：那你是為什麼會想要約？
女　：我喔……

（頓）

女　：你平常是做什麼的？
男　：我在印刷廠工作，當工人。
女　：喔喔。
男　：不會有女生想跟我交往啦。
女　：現在不是很多人娶外籍新娘嗎？
男　：我還是希望可以聊天。
女　：事情也不可能全部照你想的啊。（頓）印刷廠現在有點辛苦
　　　吧？
男　：黃昏產業啦，但做什麼都要想辦法。現在換老闆的女兒來管，
　　　她接很多那種印卡通的，印衣服、盤子、杯子、月曆、紙膠
　　　帶都有，有比之前接的單多。
女　：卡通，動畫？
男　：就是人家自己畫好可以來印，印在各種東西上面拿去賣。
女　：你是說同人誌嗎？周邊產品？
男　：好像吧。我就是印啦。傳統的日曆那種也有。
女　：嗯嗯。
男　：還有在學校附近，畢業要印論文比較有生意。
女　：嗯嗯。
男　：對不起很無聊齁。

女　：不會，不會。

（頓）

男　：你是單身嗎？

（頓）

女　：不是喔。
男　：喔。

（女生起身穿衣服，男生也起身穿衣服）

男　：啊，這是我的名片，你願意的話可以打給我。
女　：謝謝。我先走囉，很高興認識你。
男　：我可以傳 Line 給你嗎？
女　：好喔。

（女生收下名片，走出房間門，把名片揉成一團丟到垃圾桶，離去）

2 女孩A和 女孩B

....

（電話鈴響，女孩A接起電話，女孩B裸體躺在被窩裡）

女孩A：好。（掛上電話）櫃台說還剩十分鐘。
女孩B：（起身）幫我找一下我的衣服。

（女孩A在地上尋找衣物）

女孩B：你等等怎麼回去？捷運？
女孩A：嗯，差不多。

（女孩A拿地上的內衣褲給女孩B，女孩B的腹部有一道很大的疤）

女孩B：謝謝。

（女孩B穿衣服，女孩A穿外套）

女孩A：你剛剛好讚，我覺得這是我今年最棒的一次。

女孩B：你對每個人都這麼說吧！

女孩A：沒有，我都講真的。

女孩B：謝謝。

女孩A：下次要約，時間 OK 的話也是可以找我。

女孩B：嗯好喔。

女孩A：你不覺得女同志很難約嗎？

（頓）

女孩B：我其實沒有約過。

女孩A：喔，女生約的比例真的少很多。

女孩B：真的？

（頓）

女孩A：我還以為你很有經驗，感覺很熟練。

女孩B：有嗎？我很緊張耶！

女孩A：怎麼可能，完全看不出來。

女孩B：我的耳環好像不見了。

女孩A：咦你有戴耳環？

女孩B：有喔。

女孩A：好吧我沒有印象……什麼顏色？

女孩B：嗯，銀色吧，還是白色？

女孩A：你自己也不確定啊。

女孩B：就是很普通的那種。

（女孩Ａ打電話）

女孩Ａ：喂，這裡是 214，可以不可以再多給我幾分鐘？有東西不見了。

（女孩Ａ放下電話，幫女孩Ｂ找耳環）

女孩Ｂ：櫃台 OK 喔？
女孩Ａ：OK，這家滿常來，都算認識了。
女孩Ｂ：原來你經驗這麼豐富。

（頓）

女孩Ｂ：感覺的出來。我真的……很舒服，那個感覺還留在裡面。如果這是我人生最後一次性愛我一定死而無憾。
女孩Ａ：你講話好誇張。
女孩Ｂ：也可能我參照的經驗值不多啦。
女孩Ａ：我也還好。
女孩Ｂ：你不是很常來？
女孩Ａ：我大部分都是來聊天的。
女孩Ｂ：聊天？
女孩Ａ：很多約炮的其實更想聊天，反正我就跟她們聊天，也不一定要做，最高紀錄有八個小時我都在聽對方講話。
女孩Ｂ：八個小時！
女孩Ａ：嗯。
女孩Ｂ：不管那個女生條件多差你都會赴約是嗎？

女孩Ａ：也要我時間能配合啦。
女孩Ｂ：時間能配合你就一定會赴約啊？
女孩Ａ：嗯。

（頓）

女孩Ａ：因為我想要拯救世界。
女孩Ｂ：欸？

（頓）

女孩Ｂ：真的是因為這樣？
女孩Ａ：呵呵。
女孩Ｂ：笑什麼啦。
女孩Ａ：我不知道耶，為什麼要約？
女孩Ｂ：就想做啊。
女孩Ａ：有時候也沒有那麼想做。
女孩Ｂ：那幹嘛約？
女孩Ａ：不知道啦。

（頓）

女孩Ｂ：你都不問我肚子上的疤。（頓）有的人問我為什麼會有這
　　　　道疤，你知道她們是好意，從眼神、小心翼翼怕弄痛我的方
　　　　式，我討厭這種樣子，她們一直看一直看，讓我更在意……
　　　　為什麼你不會呢？你好像完全沒有看到一樣，你不避開它，

但也沒有弄痛我。

女孩Ａ：我不知道耶。找不到耶⋯⋯你真的有戴耳環嗎？我怎麼記
　　　　得好像沒有？

（說話中女孩Ａ倒了一杯冰水）

女孩Ｂ：因為我前陣子生了小孩，剖腹產，才會留那麼大的疤，謝
　　　　謝我不能喝冰的，我會氣喘，我不喝冰的也不吃甜的，但有
　　　　時候我很想吃辣。
女孩Ａ：這是我自己要喝的。剖腹喔，看起來不像，那個位置，比
　　　　較像一般手術。
女孩Ｂ：你怎麼知道？
女孩Ａ：我剛好是護士。
女孩Ｂ：真的假的？
女孩Ａ：很剛好是真的。
女孩Ｂ：好吧，我其實不太願意講我的事情。我不是剖腹，我生病
　　　　了。
女孩Ａ：嗯嗯。
女孩Ｂ：我出過一個很大的車禍，差點要把我撞成兩半，但也幸好，
　　　　發現肚子裡有一顆腫瘤，順便把它割掉，可以說是車禍救了
　　　　我一命，那時候我還被撞到失憶。（頓）這是三年前的事情，
　　　　也因為身體影響，平常不太能工作，還有就是，住院以後我
　　　　女朋友就沒有跟我做愛了，因為我是病人，我已經沒有魅力
　　　　了，（女孩Ｂ啜泣）真的謝謝你，像對待一個普通人一樣對
　　　　我，我覺得你人很好。
女孩Ａ：你看起來很健康，我想你會好起來的。

（頓）

女孩Ｂ：知道我生病了，你還能像之前那樣跟我做愛嗎？

女孩Ａ：當然可以，在你跟我說之前我都沒有發現你快死了，而且你應該沒有生病吧？放寬心。

女孩Ｂ：我最不喜歡別人跟我說放寬心，你怎麼知道我沒有生病？我的腫瘤隨時都會復發，你根本不懂！

女孩Ａ：好，不好意思，我不該猜測你的身體狀況。

（頓）

女孩Ｂ：我在我女朋友的手機查到你的聯絡方式。

女孩Ａ：喔？

女孩Ｂ：因為我發現她心不在我身上，想說她到底是被誰給騙了，她沒辦法一直承受我這樣的情緒，壓力很大，我看她寫給你的簡訊是這樣寫的。

女孩Ａ：簡訊？喔喔，可能吧，但是，我不止跟一個人約炮，我炮友大概二十個以上，我不是很清楚每個人的私事，所以我不太知道你說的是……

女孩Ｂ：她曾經想殺了我，或者跟我一起死。三年前她為了我的手術已經花光了所有的錢，現在一切又要再一次，因為我一直沒有好起來，可是沒有好起來是我的錯嗎？我也想好起來啊。你想起來了嗎？她是不是有常常跟你抱怨我的事情？

女孩Ａ：我好像有點印象，但是女朋友出問題的也不止她一個，我有點不太知道是哪一位。

女孩Ｂ：我知道她要等我死掉，拿到我的保險金，然後就會跟你在

一起。我會在那之前，先殺了她，反正我本來就沒多少日子
可以活了，她呢，趁我睡覺的時候，偷偷在我的點滴裡面加
東西，她一定希望我趕快死掉。

女孩Ａ：不可能啦。

女孩Ｂ：什麼？

女孩Ａ：現在只有結婚或者直系親屬才能指定為受益人，她法律上
　　　　只是你朋友，你死了她也拿不到錢。

（頓）

女孩Ｂ：是這樣嗎？

女孩Ａ：法律上是這樣。

（頓）

女孩Ｂ：為什麼她不愛我了？

女孩Ａ：我不知道。

（頓）

女孩Ｂ：你會跟她在一起嗎？

女孩Ａ：不會，我有喜歡的人，而且我也不知道到底是哪一位。

女孩Ｂ：她平常是會計師，我們交往很多年，現在已經像是家人，
　　　　啊，她頭髮大概到這邊，她就這樣拋棄我了。

女孩Ａ：我真的不知道你在說誰。

（頓，旅館電話鈴響）

女孩Ａ：時間到了我要走了，耳環你自己找吧。
女孩Ｂ：我沒有戴耳環，不用找了。
女孩Ａ：喔，好。
女孩Ｂ：她就這樣拋棄我了，你也拋棄我了。
女孩Ａ：我要走囉，時間到了。
女孩Ｂ：等一下，可不可以再陪我一下。
女孩Ａ：可是時間到了，要多付錢嗎？
女孩Ｂ：我沒錢。
女孩Ａ：那怎麼辦？
女孩Ｂ：再一下下。

（兩人沉默互看）

女孩Ｂ：都沒有人要理我。

（旅館電話又響）

女孩Ｂ：你先出去吧，我先留在這裡。
女孩Ａ：你不要在人家旅館自殺喔。
女孩Ｂ：那你陪我。
女孩Ａ：你是想抓那個跟你女友有一腿的人，才約我的吧？（頓）
　　　　我就是那個跟她有一腿的人，你每天擔心自己的身體快把她
　　　　搞瘋了，她只能在我這裡得到一點喘息的空間。如果我這樣
　　　　說，你會怎麼想？

女孩Ｂ：（沉默）我是健康的嗎？

女孩Ａ：我不知道，我想你沒有病。

女孩Ｂ：證明給我看。（打給櫃台）喂，這裡是214，再加兩個小時。

（女孩Ｂ放下電話，深深擁抱女孩Ａ，吻她）

（燈暗）

3 一個女生跟 一對男女情侶

....

情侶女：我們先講好，你能做到哪裡，好嗎？你能接受跟男生嗎？

女孩　：到愛撫應該還可以。

情侶女：主要想約的人是我，你真的不喜歡可以隨時喊停，他不會怎樣。是吧，北鼻。（情侶女親吻情侶男）

情侶男：嘎艮艮愛。

（頓）

情侶女：他是聽障，他剛剛說你很可愛，不要嚇到喔。

女孩　：謝謝。我不會在意這種事。

情侶女：等等是我碰你，你不要碰我，他也不會碰你，但他會在旁
　　　　邊看，最後是你不能問我任何問題。

女孩　：OK 啊，本來就是你約的。

情侶女：我真的很愛他，但我有時候還是會想要女生的身體。

女孩　：我懂。

情侶女：北鼻你也喜歡看我這樣對不對？

情侶男：潰。

情侶女：他說對。

女孩　：嗯。

（情侶女跟情侶男深吻，情侶女把情侶男的助聽器摘掉）

女孩　：助聽器……？

情侶女：他不需要聽到，他就是一個操他媽的聾子，（對著情侶男
　　　　耳邊大叫）幹，我不是你的翻譯啦！滾！

（情侶男笑著點點頭）

情侶女：（對女孩）你也可以試試，反正他聽不到。

女孩　：我……一時想不到要罵什麼。

情侶女：我們可以先當小情侶嗎？先不用急著做。

女孩　：好。

（情侶女把女孩壓在床上，親吻她、擁抱她，一邊脫下她的衣服）

情侶女：女生的身體好舒服啊，好柔軟……你知道他叫床怎麼叫

嗎？（情侶女陷入一種浮誇的狀態）赫！赫！赫！赫！像馬一樣，哈哈……北鼻，你叫得像馬一樣，奇怪捏！（情侶男笑著點點頭）我覺得這個社會就是歧視殘障，殘障就是會很辛苦，跟你走出去很丟臉啦！（對著女孩）嗯你好香……你喜歡怎樣的？

女孩　：我喜歡從後面抱。

（情侶女從後面擁抱女孩）

情侶女：我不止一次背叛他，好幾次在他上班的時候我帶不同人回家，還會在他旁邊跟別人打情色電話，他明明就在旁邊，卻什麼都不知道。

女孩　：呃，你喜歡玩這種的？

情侶女：一開始只是在他旁邊看Ａ片，他沒戴助聽器，然後覺得好好玩喔，遇到每一個身材都比他好，你什麼東西啊，又聾又啞，長得不怎樣，肚子還那麼大一個，憑什麼跟我交往，你不知道你講話很難聽嗎！

（女孩沉默地聽著）

情侶女：上次有一個人每個月要出十萬包養我，但我覺得我還是愛他就拒絕了，反正我真的很受歡迎。啊可以開始了嗎？

女孩　：呃，好啊，你不用問也沒關係。

（情侶女狂暴的揉女孩的身體）

女孩　：嗯，輕，輕一點。

（情侶女一邊辱罵情侶男，一邊愛撫女孩跟女孩做愛）

情侶女：好喜歡……好喜歡……最喜歡女生了，你好性感……男的
　　　　真他媽的噁心，嗯，舒服嗎，跟我說你喜歡怎麼樣……你好
　　　　美，我好喜歡……啊……好濕……（都是夾帶著動作）我要
　　　　警告你，聾子，你吃完東西立刻洗碗！不然那個碗會有蟑
　　　　螂，會有很多很多的蟑螂，欸，你也罵他啊，他根本聽不到，
　　　　這樣超爽的。

（情侶女跟女孩做完一輪，情侶女起身）

情侶女：我去外面抽菸。（情侶女往陽台走去）欸，你看，我男朋
　　　　友硬了耶，受不了了對吧，你怎麼那麼喜歡看兩個女生幹來
　　　　幹去啊，男生真的都有病耶，你最變態啦！

（情侶女跨坐上情侶男，兩人激吻）

情侶女：不行喔，現在沒有要給你更多。

（情侶女出去陽台）
（沉默。女孩拿起助聽器，想拿給情侶男）
（情侶男做出阻止的動作，搖搖頭）
（長長的沉默）

女孩　：你女朋友好像怪怪的。

（沉默）

女孩　：哎，你聽不到。她真的超怪的。

（沉默）

女孩　：你戴上去，我必須跟你講。

（女孩拿起助聽器想要硬塞給情侶男）
（情侶男拒絕）

女孩　：天哪你不要那麼聽她的話好不好，她真的有病！

（情侶男點頭）

女孩　：嗯？你剛剛點頭了？

（情侶男點頭）

女孩　：你聽得到？

（情侶男搖頭，指著自己的嘴巴）

女孩　：唇語？你會讀唇語是嗎？

（情侶男點頭）

女孩　：所以你都知道她說了什麼、罵了什麼？

（情侶男不點頭也不搖頭，做出疑惑的表情）

女孩　：聽不懂，呃，看不懂？你知道她說了——

（情侶男搖頭，比手語）

女孩　：不知道？（情侶男搖頭）知道？（情侶男搖頭，比手語）
　　　　說慢一點？

（情侶男點頭）

女孩　：好，我說慢一點。你看得到她的唇語？（情侶男點頭）那
　　　　你知道她在說什麼？

（情侶男點頭，對著嘴巴做手勢）

女孩　：那她知道你會讀唇語嗎？（情侶男搖搖頭，比噓）保密？
　　　　你要我保密？（情侶男點點頭）好，先不管那個，她罵你、
　　　　背叛你，而且她很享受……

（情侶男點頭）

女孩　：你都知道？

（情侶男點頭）

女孩　：那為什麼還……

（情侶男露出笑容，點頭）

情侶男：跟為嘎燈蹦呢。
女孩　：嗯，不好意思，你再說一次。
情侶男：跟為嘎燈蹦呢。
女孩　：對不起，我真的，嗯，還是你可以用寫的？（女孩要起身
　　　　去拿包包）
情侶男：跟為嘎燈蹦呢。
情侶女：（從陽台走進來）因為她生病了。
女孩　：嗯？
情侶女：他說，因為她生病了。

（沉默）

情侶女：（為男戴上助聽器）誰生病啦，北鼻。
情侶男：（露出笑容）我幾歡你。
情侶女：我也喜歡你。北鼻，你還在興奮嗎？我想要你幹我。

（情侶男把情侶女一把抱起）

情侶女：我好愛你喔，北鼻。（對著女孩）你願意在旁邊看嗎？親
　　　　愛的，我會付你一筆錢。

（情侶接吻）

情侶女：啊，等一下，（對女孩）你知道你的眼睛有多美嗎？光被
　　　　你看著我就濕了，我想要你看我們做。

（情侶女將手伸進情侶男的褲襠，兩人親吻，移動到床上去，女孩
不發一語的看著他們）

女孩　　：你好像真的滿愛他的。

（情侶持續深吻，沒有回答）

4 一個男孩和
一個男性侏儒

（一個普通的男孩走進房間，看見一個男性侏儒）

男孩：呃，哈囉。（四處張望）
侏儒：這裡只有我。
男孩：你是，侏儒？啊，抱歉。

侏儒：不用道歉，你有說錯什麼嗎？

（頓）

侏儒：你不是⋯⋯？
男孩：是我朋友叫我來的。
侏儒：啊哈，我明白了。難怪覺得你跟照片長得不太一樣。
男孩：我朋友說他今天有約到一個，但臨時有事，問我想不想做。
侏儒：他有說是侏儒嗎？
男孩：沒有。
侏儒：喔。

（頓）

侏儒：真抱歉。可能是我嚇走了你朋友吧，果然侏儒就是不行⋯⋯
男孩：不是啦，他真的、真的有事，我想他沒有跟我說，是他不覺
　　　得侏儒有什麼特別吧，所以就沒有特別提。
侏儒：是嗎？
男孩：一定是這樣。
侏儒：你覺得很奇怪的話，可以離開，沒問題的。
男孩：不會、不會，我只是，有點好奇。反正現在也沒事，晚一點
　　　才跟朋友有約。
侏儒：嗯嗯，好。（頓）謝謝。
男孩：謝什麼啦。

（沉默一陣）

侏儒：你要……坐下來嗎？

（男孩遲疑一陣，坐下）

男孩：我想問你一個問題。
侏儒：什麼？
男孩：你的老二是正常大小嗎？
侏儒：你要看嗎？
男孩：我……好。

（侏儒脫下褲子）

男孩：喔！還滿大的。

（沉默一陣）

侏儒：那，我穿上囉？有點冷。
男孩：啊、等一下。

（頓）

男孩：我可以幫你打出來。

（男孩伸手握住侏儒的陽具，幫他打手槍，侏儒射精）

侏儒：啊……！（侏儒立刻拿衛生紙給男孩擦手）好舒服，謝謝、

謝謝。

男孩：不會啦，不用道謝。

侏儒：那我可以為你做什麼嗎？

男孩：沒關係。

（沉默一陣）

男孩：你看過《冰與火之歌》嗎？裡面也有一個侏儒。

侏儒：你說演小惡魔那個 Peter Dinklage？

男孩：對，他很厲害。

侏儒：當然知道，我很羨慕他，他是我的偶像。

（沉默）

男孩：影集裡面有一幕是他跟妓女上床，我看到的時候都會想說，
　　　他的 size 是正常大小嗎，還是會一起縮水這樣，要是太小
　　　該怎麼用呢，會想這些問題。

侏儒：嗯嗯。

男孩：謝謝你解答了我心中的疑惑。

侏儒：不客氣。

男孩：是不是在國外當侏儒比較好？就是比較有機會可以發展，侏
　　　儒可以當演員耶，想都沒想過。

侏儒：國外還有一個黑人侏儒因為很喜歡打籃球，自己創了一個侏
　　　儒籃球隊，很多地方都會邀請他們去比賽，還去演講。

男孩：哇塞，好有趣。

（沉默）

男孩：叫你侏儒你會生氣嗎？
侏儒：不會啊，有什麼好生氣的，這是事實。
男孩：欸，你該不會姓朱吧？
侏儒：不是。
男孩：喔，我開玩笑的啦。
侏儒：喔喔原來是開玩笑。
男孩：竟然又是侏儒又是 gay。
侏儒：我除了矮了一點之外，其他都跟一般人一樣。
男孩：喔喔。

（沉默）

男孩：幫我吹看看？

（男孩拉下褲子，侏儒趴在男孩跟前幫他口交，經過一陣子）
（男孩突然笑了出來）

男孩：對不起，看不到表情好像是被小孩吹的感覺。
侏儒：那怎麼辦？要怎麼樣才看得到臉？
男孩：沒關係，你繼續你繼續。

（侏儒繼續幫男孩口交，男孩突然推開侏儒）

男孩：有點痛，你牙齒碰到我了。

侏儒：對不起。

男孩：沒關係。

侏儒：對不起我練習的機會真的不多。

男孩：沒關係、沒關係我了解，我也不是一天變成口交大師的。

侏儒：真的對不起。

男孩：我教你。你把大拇指伸出來，嘴巴張開，嘴唇用力包住牙齒，然後含著手指（男孩示範），你看，這樣牙齒就不會碰到了，嘴唇不能只是含著，用力包住會有很舒服的感覺，你試試看。

（侏儒含著自己的指頭練習）

男孩：嘴巴很痠齁。

侏儒：滿痠的。

男孩：要用力才有效。然後你舌頭可以去頂你的指腹，用舌頭把指頭包起來吸。

侏儒：（嘗試）嗯，怎麼做？

男孩：（抓過侏儒的手）我吸你感覺一下。

侏儒：喔——好像明白了。

男孩：嗯，要用整個舌頭的前半端去包住指頭，一邊包一邊吸。

侏儒：嗯嗯嗯。

（侏儒嘗試）

男孩：這種吸力、半真空的感覺就會很舒服，不是整根含進去狂吸，是要吸特定的點。然後嘴唇也要用力。

（侏儒吸著自己的手指）

男孩：很舒服吧。
侏儒：不太清楚耶。
男孩：這樣好了，你吸我手指看看。

（男孩伸出手指，侏儒含著男孩的手指）

男孩：好，先慢慢的吸……嗯，加快一點……還不錯……嘴唇可以
　　　用力一點……很好，你抓到訣竅了，以後就多練習。
侏儒：呼，是嗎。謝謝你。
男孩：欸，你吸得到自己的老二嗎？
侏儒：不可能吧。（侏儒彎腰，表示碰不到）
男孩：哇，我還以為你可以實現我的夢想。
侏儒：你想吸自己的老二？
男孩：因為大家都說我很會口交，我想看看到底有多會。
侏儒：但這真的碰不到吧。
男孩：瑪莉蓮曼森把最下面兩根肋骨抽掉，因為他想要含到自己的
　　　老二。
侏儒：他是誰？
男孩：一個樂團的主唱，國外的，但差不多過氣了。
侏儒：真的有這種事啊？
男孩：我也是聽說的，我是不相信啦，抽肋骨哪有用，脖子和頭要
　　　可以整個縮進來才含得到，這跟肋骨無關好嗎，我推你試試
　　　看。

（侏儒試著要含到自己老二，男孩推壓著侏儒的頭跟背）

男孩：看吧，很難吧。
侏儒：嗯，真的。

（頓）

男孩：啊，我時間差不多了，那掰囉。我跟朋友有約。
侏儒：好。下次可以約你嗎？
男孩：嗯？
侏儒：網路上聽到是侏儒都不會回。
男孩：侏儒找侏儒也是嗎？
侏儒：有點難……不一定是 gay，他可能也想找一般人。
男孩：嗯──看我有沒有心情啦。

（頓）

男孩：你不要這樣很可憐的樣子啦，這樣我壓力很大耶。
侏儒：喔對不起啦。

（頓）

男孩：如果你染金髮，cos 成小惡魔的樣子搞不好可以。
侏儒：真的？好啊，那太簡單了。
男孩：然後要講英文。
侏儒：好，我練一下。

男孩：還有要練習口交的技巧。啊，我想到了，我可以拍照嗎？拍
　　　一系列「小惡魔為我口交」的照片，可以嗎？不會外傳，但
　　　可以拿給我那個好朋友——就是今天放你鴿子那個，只會拿
　　　給他看。

侏儒：可以啊。

男孩：好喔，那我先走了。

侏儒：謝謝你，真的，我很開心，謝謝你沒有嚇跑。

男孩：蛤？幹嘛啦，被小惡魔口交很酷耶，掰囉。

侏儒：謝謝你，謝謝。

（男孩離去，侏儒目送著他）

 # 5 一對 T 婆女同志伴侶 和 T 的男性炮友

• •

（房間內，一男壓在婆身上，愛撫她，T 在旁邊看電視，偶爾轉頭
看）
（T 突然走到床邊，抓住男的）

T　：欸欸不能親。

男　：喔。

T　：不能親只能做。

婆　：寶貝。

Ｔ　：嗯？寶貝，我在這裡。

男　：你在旁邊看我做不下去。

Ｔ　：你可以的。

男　：哎唷，好啦。

婆　：你到電視那邊啦。

（Ｔ走到電視區，男幫自己打手槍，然後套上保險套。男親吻撫摸
婆的身體，插入，不久，結束，Ｔ都看著）

男　：你這是要整我吧？

Ｔ　：嗯？

男　：一點反應也沒有，累死我了。

婆　：抱歉喔，自己女朋友提出這種詭異要求我已經很配合了好
　　　嗎？

男　：都是你。

婆　：都是你。

Ｔ　：不要這樣嘛。大家都會想看自己女朋友跟男生做愛是什麼樣
　　　子吧？

婆　：我不會喔。

男　：我想一下喔。算了我沒有女朋友，想不出來。

婆　：那你剛剛看了有什麼想法？

Ｔ　：嗯──還沒有什麼想法。

婆　：那我下次想選，跟別的Ｔ上床。

Ｔ　：可以啊，先跟我說就好。

男　：哪有這樣約一次就在一起的，我怎麼都沒有遇到。

T　：你的炮友都是 T 啊誰要跟你在一起。

婆　：我真的沒想到她的固炮是男生。

T　：女生你才真的會吃醋吧。

婆　：這倒是，欸，不公平啦，我跟你在一起以後其他固炮都斷了耶。

T　：你的固炮是女生耶，不行，我會想殺光她們。

婆　：好啦有你我根本沒體力約了啦。

男　：呃啊，被閃光攻擊到了。

T　：怎樣——（對婆）那你跟男生做有什麼不一樣的感覺嗎？

婆　：好像是跟假陽具做愛一樣。

T　：原來是這樣的感覺。

男　：其實也差不多啦，假陽具還比我大，又持久。

婆　：他都是走這個路線嗎？

T　：對啊，他很喜歡講一些自虐的話。這種男生比較可愛吧。

婆　：也是，跟自以為是的那種比起來。

男　：我今天就是在你女朋友面前樹立了快槍俠的形象了。

婆　：也沒有那麼快啦，不到討厭，就很新鮮，但就是，嗯，跟假陽具差不多？

T　：但他技巧還不錯耶。

男　：謝謝你的支持。

T　：啊，我知道了，一定是我在這邊看太奇怪了。

婆　：很奇怪！我要怎麼去反應？很羞恥耶。

T　：所以很舒服？

婆　：就是跟假陽具一樣舒服啦，但我還是喜歡跟你做。

T　：我知道啊，你全身上下裡裡外外我都去過了。

男　：我要去浴室逃避這個閃光攻擊。

（男走去廁所，Ｔ點起一根菸，婆靠在她身上）

婆　：所以你 17 號那天車票買了嗎？
Ｔ　：不用先買吧，現場買就好了。
婆　：不會買不到？
Ｔ　：買得到，放心。
婆　：張懸竟然要封麥了。
Ｔ　：不是封麥吧，只是暫時休息。
婆　：而且她不是跟之前那個男友分手了？
Ｔ　：對啊。
婆　：那我去追她。
Ｔ　：她不會喜歡你好嗎？
婆　：可是我很辣耶。
Ｔ　：超辣，我超愛。

（兩人接吻，Ｔ愛撫著婆）

婆　：嗯……我好喜歡你摸我……

（兩人呼吸凝重，愛撫、口交，此時男從浴室走出，看電視，邊看
邊笑）

婆　：好想要，想要你插進來。

（男的電話響起，男接電話）

直
到
夜
色
溫
柔

男　：（Ｔ跟婆做愛）喂，什麼事？嗯，嗯，我了解，現在幾成
　　　了？才三成？嗯，我們有可能在一個月內賣到六成嗎？要六
　　　成才不會賠。很難齁，哎……西洋團真的越來越難賣，太多
　　　了……要是也封麥就好了。那用送的吧，你看你朋友有沒有
　　　要來看……聲音？對啊怎樣我在看Ａ片啦。（遮住話筒）欸
　　　麻煩你們小聲一點啦。（Ｔ婆的喘息聲壓低）喂，關掉了啦，
　　　煩欸。嗯，還有什麼？那個不行啦，上海那邊不辦的話，他
　　　們不會來，只辦台北場會賠。哎，算了啦，能怎麼辦。好，
　　　先這樣，嗯，謝囉。（停頓）什麼？嗯……好。那你之後打
　　　算要，嗯，好啦，先休息也好。

（男繼續看電視）
（婆達到高潮，Ｔ趴在婆身上，兩人劇烈喘氣）
（男看著電視，流淚，拿衛生紙擤鼻涕）

Ｔ　：幹嘛？你在哭喔？
男　：對啦，我一個很好的同事要離職啦！
Ｔ　：蛤──怎麼這樣。
男　：唉，走了好幾個，一起進這行的剩沒幾個。
Ｔ　：沒辦法啊，你不是也想換工作嗎？
男　：再說啦。

（男擦眼淚）

Ｔ　：（對婆）寶貝。
婆　：嗯？

T　：我愛你。

婆　：我也是。

T　：我會努力留在這個城市工作。

婆　：笨蛋，（兩人依偎一陣）要我幫你嗎？（婆伸手撫摸T）

T　：不用啦，你技巧又不好。

婆　：讓我練習嘛。

T　：你是被幹的啦，你對幹人沒興趣。

婆　：哎唷。

T　：不要勉強自己啊，我就是喜歡現在的你。（兩人擁抱）

（沉默一陣，只聽到電視的聲音）

T　：欸，阿強。

男　：嗯？

T　：你OK嗎？換我跟你？

男　：OK啊。

T　：寶貝，你去看電視。

婆　：喔，好。

（男坐到床上，婆站在床邊）

T　：寶貝，不要在這邊，我不想你看到我現在的樣子。

男　：你不用介意，我不止這個炮友，還有另外兩個T，也是固炮，
　　　她真的不會喜歡我。

婆　：是因為我不能滿足你嗎？

T　：不是這樣的，我不想要你去做不是你的本性的事情。寶貝，

　　　　我最愛你了，只愛你一個。
婆　：我也愛你。

（婆坐到電視前，把電視轉大聲）

Ｔ　：欸，你把鼻涕擦一擦啦。
男　：我已經都擤出來了。
Ｔ　：好啦。不要太難過，就算離職了，真正的朋友還是會繼續聯
　　　絡。
男　：其實我剛剛發現我好像有點喜歡那個離職的同事。
Ｔ　：是喔，好啦等等再說。

（Ｔ把男拉上床，男愛撫她的身體，男脫下褲子）
（婆在看電視）

 一男一胖妹

....

胖妹：你先去洗澡。
男　：等一下。你有護唇膏嗎？

胖妹：護唇膏？（找了找包包）沒有。

男　：房間會有護唇膏嗎？

胖妹：旅館？沒有吧。

（男尋找了房內，皆找不到）

男　：我想問你說，能不能讓我去外面買護唇膏，再回來。我知道
　　　你會覺得莫名其妙，我的嘴唇超容易乾裂，要是幾個小時沒
　　　有護唇膏我就會完蛋，你看，我嘴唇是不是很紅？

胖妹：是很紅沒錯。

男　：然後房間內又沒有護唇膏，天哪我要瘋了，我好需要護唇膏！
　　　我的嘴唇會先變得很乾，然後發燙，變紅，最後出血，破皮，
　　　我真的受不了嘴唇很乾的感覺，天哪我竟然出門忘了帶。

胖妹：你剛剛在外面怎麼沒買？

男　：因為我無法確定我有帶還是沒帶，來的路上沒有藥局也沒有
　　　便利商店，跟你約的時間又到了，就懶得再找，然後一進旅
　　　館，翻開包包，天哪真的沒帶，完蛋了，你也沒有，全世界
　　　都沒有，啊我現在就需要去買一條。

胖妹：等一下。

男　：怎麼了？

胖妹：你該不會是嫌棄我要用這招閃人吧？

男　：不是！怎麼會！我就是不想要你誤會剛剛才解釋那麼多啊。

胖妹：但越解釋越可疑啊，我知道我很胖。

男　：你沒有很胖啊。

胖妹：那你敢說我很瘦嗎？

男　：嗯——

胖妹：看吧！

男　：說你瘦就是謊話，我沒有覺得胖是很負面的形容詞啊。

胖妹：我覺得是。

男　：那是你的問題。

胖妹：我就是恐龍妹啦。

男　：我沒有這樣覺得，我只是想去買護唇膏。

胖妹：但你說你來的路上都沒有藥局也沒有便利商店，是要去哪買？我不得不說你逃跑的機率很大。

男　：我不會逃跑。

胖妹：你就是現在要逃跑，我看得出來，這種事已經發生過好幾次了，護唇膏真是太瞎了。

男　：等等，我來的路上沒有不代表旁邊的路上沒有啊，你查一下手機，過去幾條路，那邊有一家藥局。

胖妹：你一定是因為我跟照片差很多吧。

男　：是——差滿多沒錯，但我不是那種會因為這樣就挑剔別人的人。

胖妹：我相信你不是那種人。

男　：但你照片上那位是誰？

胖妹：是我。

男　：騙人啦。

胖妹：那是我比現在瘦五十公斤的樣子。

男　：喔喔。

胖妹：而且也是十五年前的照片了。

男　：喔喔喔。

胖妹：你們男人就是視覺動物啦。

男　：等一下，你十五年前瘦五十公斤的照片是有點正，但也沒你

想的那麼正好嗎，我又不是貪圖你的外貌才約你的。

胖妹：什麼，那你貪圖我什麼？

男　：我沒有貪圖你什麼，就是時間剛好對得上，你又回我了，你
　　　也沒貪圖我什麼吧，我又不是什麼帥哥，就是各取所需嘛。

胖妹：你說得對。

男　：不對，至少我本人跟照片比起來，是差不多帥的。

胖妹：你只能說是清秀可愛，在我的標準裡面要有六塊腹肌才稱得
　　　上帥哥。

男　：你說這種話好微妙。

胖妹：怎麼樣？要當過總統才能罵總統是不是？沒有腹肌也能用腹
　　　肌來當標準啊。

男　：我要去買護唇膏了。

胖妹：我們這樣就是說，爛鍋配爛蓋的意思嗎？

男　：我聽不懂，我們又沒有要配在一起。

胖妹：是沒有。

男　：我只是很想要一條護唇膏。

（沉默）

胖妹：你不能跟我做完再去買嗎？

男　：不行，我嘴巴那麼乾我會很痛苦，整個硬不起來。

胖妹：護唇膏是你的威而鋼？

男　：你要這樣說也是可以，要硬一定要塗，但塗了不一定會硬。

胖妹：塗在雞雞上面嗎？

男　：當然是塗在嘴巴上啊！

胖妹：喔，對，塗跟硬講在一起很讓人搞混。

男　：為什麼好像在這邊跟你講相聲啊？我要去買護唇膏了。

胖妹：等一下，我跟你去。

男　：蛤？

胖妹：就算某種程度上我接受你的解釋，但你還是有逃跑的可能。

男　：我不會。

胖妹：不然你把包包留下來。

男　：我才不要把包包留給陌生人，我也怕你偷我東西好嗎？

胖妹：既然不相信人類，那為何要約炮呢？

男　：我現在只相信護唇膏，我快無法思考了。

胖妹：好啊，所以我跟你去嘛。

男　：買一個半小時的休息——我們剛剛浪費掉了二十分鐘，你不
　　　覺得應該是，我去買，你去洗澡，等我買回來，換我洗澡，
　　　這樣時間利用上比較有效率嗎？

胖妹：你說的對，我快要被你說服了。

男　：我嘴唇好乾。

胖妹：接吻有用嗎？

男　：不行，口水揮發性很強，會更乾，走開啦，不要靠近我。

胖妹：你根本就不想上我吧？這麼討厭的態度。

男　：現在就算是林志玲出現我也不想上她。

胖妹：真的嗎？那徐若瑄？舒淇？你敢說你一個都不想上嗎？

男　：如果是范冰冰……啊！煩不煩啊！胖子真的心靈很脆弱耶！

胖妹：你說了。

男　：蛤？

胖妹：你說了你的真心話。

男　：夠了喔，夠了。

胖妹：我太常被拒絕，有人回去傳訊息罵我，恐龍妹，不要出來嚇

人，我覺得這個社會真的太不友善了，漂亮的人真的好吃香，我常常希望一覺醒來所有人都瞎了，或者都長得一模一樣，這樣這個社會就不會有這種美醜的階級問題，但這樣一來一定又會誕生新的階級——我大學是讀社會學的——對，然後就會被人家說，果然念社會學的都會嫁不出去，明明我念什麼系都嫁不出去，不是社會學的問題好嗎？（停頓）我這樣說你應該安慰我反駁我一下吧，不然這樣豈不是顯得我真的嫁不出去。

男　：呃，不會啦，可以的，等一下我是幫你捧哏的嗎？

胖妹：謝謝。就算全部變瞎子了，也會有聲音好聽跟不好聽，皮膚好摸不好摸，對吧！根本都一樣。

男　：在那之前會先有胖瘦。

胖妹：我是認為聲音影響比較大。

男　：這是好問題，如果我有護唇膏我就可以一起思考了，現在，借過。

胖妹：我跟你一起去。

男　：不要。

胖妹：為什麼不行？

男　：很浪費時間。

胖妹：時間不夠做快一點就好啦。

男　：我可不是那種三兩下就結束的。

胖妹：沒關係有時候太久也是很煩的。

男　：講得你一副很有經驗的樣子。

胖妹：幹嘛？看不起我？我不能有點經驗嗎？

男　：反正我就是不要一起去。

胖妹：不讓我一起去更可疑耶。

男　：你好煩喔，本來想約的心情被搞得都不想約了，我要回去了。

胖妹：你看吧，果然。

男　：果然什麼？果然什麼？還不是你自己的問題？

胖妹：其實你在看到我的第一眼你就反悔了吧。

男　：沒有這種事，當慾望一來的時候只要有洞就好。

胖妹：你不要拿這種官話來敷衍我，明明你就不是這樣。

男　：我？你又知道我什麼了？

胖妹：你在約我的時候講了那麼多齷齪可愛的話，好像一看到我就
　　　會立刻撲上來，但為什麼看到我以後不是這樣？難道不是因
　　　為我照騙嗎？

男　：因為我那時候有塗護唇膏，我很放鬆，很飽暖思淫慾，了解
　　　嗎，等一下，明明照騙的人是你，怎麼講得一副理直氣壯的
　　　樣子？

胖妹：我沒有理直氣壯，我只是在陳述一個事實。

男　：我要走了，嘴唇要乾裂了我。

胖妹：等一下。

男　：我要走了啦。

（兩人拉扯，胖妹坐倒在地上）

男　：（雙手高舉）我、我沒有推你，你自己滑倒的喔。

胖妹：欸？（伸手拿取某物）床底下有護唇膏。

（男看著護唇膏）

胖妹：你要用嗎？

？一個約莫六十歲的男人和
一個約莫六十歲的女人

‧‧‧‧‧‧‧‧‧‧‧‧‧‧‧‧‧‧‧‧‧‧‧‧‧‧‧‧‧‧‧‧‧‧‧‧‧‧

（女人在浴室淋浴，梳洗完畢後穿著樸實的衣服出現。這段時間，
男人裸著身體裹著被子，坐在床上練習吹奏樂器，小喇叭或薩克斯
風之類，吹著宮崎駿的動畫歌曲，他們可能說台語或是客語）

女人：我先走囉。
男人：好，路上小心。（持續吹奏著樂器）
女人：你還有一個小時可以練習。

（男人持續吹奏著樂器）

女人：你孫子應該聽不出來這是《龍貓》。
男人：聽不出來嗎？

（沉默）

女人：我老公應該快不行了。
男人：有去找張醫師嗎？
女人：你推薦的醫生都看過了。
男人：嗯，這樣啊。

（男人持續吹奏著樂器）

女人：我走囉。

男人：好。

（女人轉身）

女人：啊，等一下，你那個嗯嗯的袋子差不多乾了，要幫你裝上去
　　　嗎？

男人：好。

（男人趴著，女人幫他裝上人工肛門的造口袋）

男人：真的只有讓你收這個大便的袋子才不尷尬，給小孩看到真的
　　　很歹勢。

女人：這樣也不錯啊，見面時間也變多了。

男人：嗯。

女人：我走囉。

男人：好喔。你先生有什麼需要幫忙的再跟我說。

女人：接下來三個月應該都不太能見面，我婆婆身體很差，應該快
　　　不行了。

男人：好。

女人：（頓）你吹的時候肚子用力，讓氣飽一點，（男人嘗試）
　　　你孫子幾歲生日？

男人：六歲了。（繼續吹奏）

女人：（頓）謝謝你為我們做的那些。

男人：客氣什麼。

（女人離去，男人持續吹奏著樂器）

跨性女 1（已手術）
與跨性女 2（未手術，服用荷爾蒙中）

. . . .

（穿小禮服的跨性女〔男變女〕在房間擺著 pose，另一個跨性女
〔男變女〕拿著相機在拍她）

跨性女 2：很棒，好，再來，你剛剛往左邊靠那樣很性感，試看看，
　　　　再一次。

（跨性女 2 放下相機）

跨性女 2：你要放開一點，還是太拘束了。要不要再喝點酒？
跨性女 1：我剛剛有喝。
跨性女 2：再喝幾口，放鬆一下，不然我換別的音樂。
跨性女 1：嗯嗯。（喝酒）

（跨性女 2 換了不同的音樂，兩人先休息）

跨性女 1：謝謝你喔，沒錢還願意幫我拍。
跨性女 2：不會啊，本來就想幫你拍了。

（頓）

跨性女1：拍了幾套了？

跨性女2：嗯，（瀏覽相機）八套，你要看嗎？

跨性女1：好。（接過相機看著）

跨性女2：但你帶來的衣服有的款式滿像的，拍起來的效果其實差
　　　　　不多。

跨性女1：哎，真的。但你拍得好好，把我拍得好美。

跨性女2：你聲音好像女生喔，真好。

跨性女1：我做了很多聲音訓練。

跨性女2：我有哪裡要改進嗎？總覺得沒有很女生。

跨性女1：還好啊，你發音位置沒有太下面，共鳴也很對。

跨性女2：那可能就是天生音質吧。

跨性女1：是啦我從小聲音就比較細，也比較沒有毛。

跨性女2：哎，好好喔，好羨慕你們這種天生麗質的浪漫的耶。

跨性女1：你可以啦，多練習就好了。

跨性女2：我有幾套自己的衣服，比較性感的，你要不要試試看？

跨性女1：怎麼樣的？

跨性女2：有幾套開高衩、還有比較緊身的褲子，但我下面還沒動，
　　　　　買來怎麼搭都有點明顯，總覺得還是很凸，我那根就很大
　　　　　啊，超煩的。

（跨性女2拿出幾套衣服，跨性女1拿來在身上比）

跨性女1：哇都好漂亮喔～

跨性女2：滿適合你的。

跨性女 1：你的品味比我好多了，我買的穿起來都有點俗俗的。

跨性女 2：你不要一直狂買粉色系或蕾絲一堆的，你的臉型比較適
　　　　　合俐落合身的衣服，啊，我知道了，你很像艾瑪華森。

跨性女 1：真的假的她很美捏——哎就是怕頭髮剪短會很 man。

跨性女 2：其實還好，你的臉沒有那種有稜有角的感覺。

跨性女 1：真的嗎。下次帶我去買衣服。

跨性女 2：好啊。你要先換哪一套？

跨性女 1：你是那種品味很好的大姐姐，我好希望有這樣的姐姐。

（跨性女 1 穿上一件布料很少的洋裝）

跨性女 2：很棒，好性感，對，再多來一點，很好，你看一下，是
　　　　　不是超美的。

跨性女 1：真的耶，這件好適合我。

跨性女 2：對吧，你要更放膽的勾引鏡頭。

（跨性女 1 變換各種不同性感姿勢拍照，最後把上衣脫掉，穿著黑
色性感蕾絲內衣）

跨性女 2：很好……

（跨性女 2 走上床，拍著特寫，突然停下相機，看著跨性女 1）

跨性女 2：你好漂亮，我好像，有點感覺了。

（沉默）

跨性女２：可以吻你嗎？

（沉默，跨性女２靠近跨性女１，吻她）

跨性女２：想做嗎？

（跨性女２伸手撫摸跨性女１的胸部，兩人深吻）

跨性女１：你真的……覺得我很漂亮？
跨性女２：很漂亮，聲音也很好聽。
跨性女１：胸部呢？
跨性女２：（逗弄著跨性女１的乳頭）這裡有感覺嗎？
跨性女１：有。

（跨性女２撫摸跨性女１，將她壓倒在床上，兩人互相愛撫，跨性女２脫下裙子，露出陽具，拿起床頭的潤滑劑塗抹，跨性女２插入跨性女１）

跨性女１：啊。
跨性女２：怎麼了？
跨性女１：裡面有一個點很有感覺，是不是跟真的女生一樣。
跨性女２：我不知道耶，我也沒有當過真的女生。

（兩人持續性交一陣）

跨性女１：那個點好像感覺又不見了。

（沒多久跨性女 2 就射精了）

跨性女 2：對不起，因為 HRT 的關係。
跨性女 1：我知道，還是你用手？

（跨性女 2 在手上塗抹潤滑劑，將手伸進跨性女 1 的體內）

跨性女 2：舒服嗎？
跨性女 1：嗯……不知道耶。
跨性女 2：是感覺還沒有很靈敏嗎？

（兩人接吻，跨性女 2 持續探索著跨性女 1 的身體，發出一些喘
息聲）

跨性女 1：啊，你現在講話聲音就太低了，發聲位置跑到胸腔了。
跨性女 2：那這樣呢？
跨性女 1：很好。
跨性女 2：我也想變成像你這麼漂亮的女生，光拍照就讓人受不了。
跨性女 1：啊，好像是，那個點。
跨性女 2：這裡？
跨性女 1：嗯。
跨性女 2：應該就是龜頭的位置。
跨性女 1：但放在裡面還是外面好像感覺會不一樣。
跨性女 2：真的？不是心理作用？
跨性女 1：啊……應該不是，嗯……啊，好了，有點痛。

（兩人擁抱）

跨性女２：對不起，旅館的潤滑劑不夠。
跨性女１：沒關係，剛剛那樣有點舒服。

（頓）
（兩人整理衣服，跨性女２持續拍照）

跨性女２：我喜歡你很久了。
跨性女１：真的假的——不是在這種氣氛下順便講的嗎？
跨性女２：不是。
跨性女１：謝謝。
跨性女２：但你不喜歡我這種類型的吧？
跨性女１：嗯——我也不知道耶。

（跨性女２持續拍照）

跨性女１：我喜歡男生。
跨性女２：是喔。

（跨性女２持續拍照）

跨性女２：可惜我喜歡女生。
跨性女１：對不起，雖然你對我有慾望讓我滿開心的，但我沒辦法
　　　　　喜歡你，你都變性了，還喜歡女生？那幹嘛變性？
跨性女２：這句話從你口中問出來超詭異的。

跨性女１：（頓，擺 pose）欸，我問你喔。

你真的覺得，我漂亮嗎？

三個男人
（單身的不分，一對男同志情侶Ａ、Ｂ）

....

（三個人在房內，Ｂ去脫不分的衣服，三人親吻）

Ｂ　：（對Ａ）你先去吃威而鋼。

不分：怎麼了？為什麼要吃？

Ｂ　：你問他啊。

Ａ　：呵呵。

Ｂ　：傻笑什麼啊，他不行啦。

不分：不行？

Ａ　：吃完了，剩下這罐藥酒。

不分：大鵰——

Ｂ　：藥酒超沒用的。

（Ａ喝下藥酒，三人持續親吻、愛撫、口交，脫掉衣服）

Ｂ　：你看他還是軟趴趴的。

Ａ　：呵呵。

Ｂ　：你笑屁啊。

Ａ　：對不起啦。

不分：可能 3P 比較緊張啦。

Ｂ　：歹勢啊本來講好我們兩個一起輪流幹你，現在只有我，今天吃清淡啦。

不分：沒關係啦。

（Ｂ幹不分，Ａ輪流愛撫兩人，Ａ跟不分親吻）

（Ｂ跟不分做完，兩人癱在床上）

（不分伸手撫摸Ａ的陽具）

Ｂ　：沒用啦。

不分：真的嗎？

Ｂ　：不然我們來比賽看誰可以把它吹起來。

不分：這不好吧。

Ｂ　：也是啦，你找拓也哥來吸也硬不起來，靈犬萊西也硬不起來。

（Ｂ伸手拿床頭的杯子，突然生氣）

Ｂ　：欸，我不是跟你講過，不要把喝完的杯子放著嗎？

Ａ　：啊，我忘記了。

Ｂ　：講幾次了啊，喝水就算了你喝茶不洗整個杯子都是茶漬，馬的跟尿垢一樣。

Ａ　：對不起。

Ｂ　：煩耶。

（Ｂ拿著杯子起身走出房間）

不分：你怎麼會硬不起來？我單獨跟你或跟他約都沒問題啊。

A 　：我也不知道。

不分：你跟他做都硬不起來喔。

A 　：對啊。

不分：還是身體太習慣了。

A 　：可能吧。

不分：你們要分手嗎？

A 　：不會啊我們很相愛。

（沉默，B走進房間，直接趴到A前面開始吹）

（過了好一陣子，B起身）

B 　：真的不行，換你。（B拉著不分過去）

不分：不要這樣啦，氣氛很差耶。

A 　：哎，不要逼他啦。

B 　：幹嘛幫他啊，打情罵俏喔。

A 　：沒有啦。

不分：好好好，吹吹吹。

（不分幫A吹，過了一陣子，還是一樣）

B 　：好了好了，收工了。（看時間）啊，靠腰，我要打國戰，你
　　　當自己家啊。欸，（對A）你去幫我拿可樂。

（B打開電腦戴上耳機開始連線）

（A拿了可樂給B）

B 　：不是這一罐，有昨天喝一半的啊。

A 　：喔。

B 　：為什麼一點小事都做不好，（開電腦）喔我的天啊，你桌布可以不要放亞當山德勒嗎，很丟臉耶。

A 　：好啦，我只是覺得他滿可愛的。

B 　：他不可愛，他很無聊，你眼光這麼差，你喜歡我我也高興不起來。（頓）我要把亞當山德勒換掉。

A 　：你換啊沒關係。

（A拿了另一瓶喝一半的可樂，B拿著電腦走到書桌，戴著耳機專心的打國戰，乒乒乓乓的很大聲）
（不分和A坐在一起）

不分：你應該很愛他，才能忍受他這樣對你。

A 　：他也很愛我。

不分：你確定？

（沉默，B持續打著電玩）
（不分親吻愛撫A，在電玩的乒乒乓乓聲中）

不分：我也喜歡亞當山德勒，我超想在學校司令台幹他。

A 　：不錯喔。

不分：你硬了，有套子嗎？要幹嗎？

A 　：嗯。

（A戴上保險套）

不分：很硬啊。

A 　：藥酒現在才發作。

不分：應該不是吧。

（A幹著不分，B打電動）

10 一些房間裡的即景

（房間內，數對不同的男女、男男、女女，輪流進出房間，
重複著做愛、洗澡、很急的做愛、遲疑的做愛、溫柔的做愛、
冷淡的做愛、激烈的做愛）

11 房間內，
女孩Ａ、Ｂ

（女孩Ａ、Ｂ互相擁抱、愛撫）

女孩Ａ：我是不是在哪裡遇過你？
女孩Ｂ：我也覺得好像在哪裡遇過你。

（兩人沉默一陣）

女孩Ｂ：你的身體好熟悉。
女孩Ａ：我也覺得你的味道好熟悉。

（沉默一陣）

女孩Ａ：能讓我聽聽你的叫床聲嗎？
女孩Ｂ：啊，啊，啊，啊。
女孩Ａ：沒錯我一定在哪裡遇過你。
女孩Ｂ：那能讓我聽聽你的叫聲嗎？
女孩Ａ：啊啊，啊啊，啊啊。
女孩Ｂ：我也覺得非常熟悉。

（沉默一陣）

女孩Ａ：你常約嗎？

女孩Ｂ：滿常約的，你呢？

女孩Ａ：啊，我知道了，你以前，曾經是男生嗎？

女孩Ｂ：男生？你這麼一說，我好像有點印象。

女孩Ａ：沒錯，我過去曾經跟一個男生交往，那個男生是你吧？你
　　　　們很像。

女孩Ｂ：但我是男生的時候，那時候是跟另一個男生在一起。

女孩Ａ：喔，這麼一說，我那時候可能是另一個男生？

女孩Ｂ：非常有可能。

女孩Ａ：被你這麼一說，好像真的是這樣，但我是男生的時候，是
　　　　跟一個侏儒在一起。

女孩Ｂ：喔，所以我那時候是一個侏儒嗎？

女孩Ａ：可能你後來長高了。

女孩Ｂ：非常有可能，因為那時候我還小，我還在發育期。不過我
　　　　是侏儒的時候，曾經深深愛過一個生重病腹部有疤的女人，
　　　　但那個女人從來不把我當一回事。

女孩Ａ：你那時候可能很恨我吧，我想我是那個生重病腹部有疤的
　　　　女人，我生過很重的病，但我後來好了，完全康復了。

女孩Ｂ：太棒了，幸好你的病好了，我才能再遇到你，你是怎麼好
　　　　的？

女孩Ａ：我愛上另一個女人，那個女人不相信我生了重病，慢慢的
　　　　我也不相信我自己生了重病，然後我就好了。

女孩Ｂ：你是說信念的力量嗎？

女孩Ａ：有可能。

女孩B：也曾經有一個生重病腹部有疤的女人愛上我，但我那時候
　　　　跟一個聾啞人士交往，總覺得很對不起那個生病的女人，我
　　　　還是無法陪她到最後。

女孩A：不不，你不用自責，因為我就是那個聾啞人士。

女孩B：喔，你就是那個聾啞人士，難怪我覺得跟你的溝通毫無障
　　　　礙。

女孩A：我也這麼覺得。

女孩B：我知道你也這麼覺得。

女孩A：是的，可能長期的默契培養就是這樣吧，然後為了跟你在
　　　　一起，我跑去做了變性手術，我想變成一個女的。

女孩B：喔，我也曾經變成一個女的，然後我愛上你，你告訴我你
　　　　喜歡男生。

女孩A：怎麼就這樣剛好錯過了。

女孩B：但，幸好那時錯過了，才有我們這次的相遇。

女孩A：是的，現在的我喜歡女生。

女孩B：那麼剛好，現在的我，也喜歡女生。

女孩A：那麼剛好。你也覺得我很熟悉是嗎？

女孩B：沒錯。

女孩A：哪裡熟悉？

女孩B：從頭到腳。你看，你有五根手指頭。

女孩B：你也是，有五根手指頭。

女孩A：你有兩個眼睛，一個鼻子，一個嘴巴，兩個耳朵。

女孩B：你也是，有兩個眼睛，一個鼻子，一個嘴巴，兩個耳朵。

女孩A：兩隻手、兩隻腳。

女孩B：兩隻手、兩隻腳。

女孩A：胸部。

女孩Ｂ：胸部。

女孩Ａ：屁股。

女孩Ｂ：屁股。

女孩Ａ：陰毛。

女孩Ｂ：陰毛。

女孩Ａ：我第一次，看到這樣完整、毫無缺陷的人。

女孩Ｂ：我也是。

女孩Ａ：跟我一模一樣。

女孩Ｂ：跟我一模一樣。

女孩Ａ：你已經變成一個很漂亮的女孩子了。

女孩Ｂ：你也變成一個很漂亮的女孩子了。

女孩Ａ：我還記得你以前的樣子，但那些記憶只是讓現在的你更美
　　　　好。

女孩Ｂ：我很高興你從以前的痛苦走過來了。

女孩Ａ：你跟我一模一樣。

女孩Ｂ：我跟你一模一樣。

女孩Ａ：所以我想抱著你的時候，你也想抱著我嗎？

女孩Ｂ：沒錯，我也想抱著你。

（兩人擁抱）

女孩Ａ：我們放點音樂，來跳跳舞。

女孩Ｂ：好啊，我們來跳跳舞，慶祝我們相遇。

女孩Ａ：慶祝我們剛好用現在的樣子相遇。

女孩Ｂ：嗯。

直到夜色溫柔

（音樂出）

女孩Ａ：不要突然變成 gay，或者突然變老喔。
女孩Ｂ：那你也不要突然變成貓，或者變成狗喔。
女孩Ａ：我想在這首歌結束之前，什麼都不會改變。
女孩Ｂ：什麼都不會改變。我愛你。
女孩Ａ：我愛你。

（兩人依偎著跳舞，之前的男女、侏儒男孩、老男人老女人、
Gay、Les，也慢慢擠滿整個房間，依偎著跳舞）
（舞快結束時，女孩Ｂ離開，剩下女孩Ａ在房間，彷彿剛剛做了
一場美夢）

——全劇終——